KB116639

용혜원 짧은 시

용혜원 짧은 시

제83·제84 시집

책만드는집

시를 쓸 때
언어 포착이 아름답다

잘 다듬어진 짧은 시
한 편 한 편이 가슴에
진한 감동을 남겨놓는다

짧은 시들이
생각 속으로
마음속으로
강물처럼 흘러내려
참 많이 무척 행복했다

시를 쓰려면
연상을 잘해야 한다
뇌리를 스치듯 지나간 시들이
얼마나 많은가

적어놓아야지 해놓고
놓쳐버린 시가 얼마나 많은가
짧은 언어로 이어지는 시가
참 고귀하다
짧은 언어로 나타나는
시를 잘 가꾸고
표현하며 살아야겠다

- 2018년 봄
용혜원

한 편의 시

내 마음에 샘
쏟아져 내리면
한 편의 시가 된다

가로등

그리움이
얼마나 사무쳤으면
눈동자만 남았을까

해바라기

해바라기 목덜미를
누가 간지럽혔기에
기분 좋게 웃고 있을까

강아지풀

얼마나 반가웠으면
뛰쳐나가고 꼬리만 남아
흔들거리고 있을까

버섯

차갑고 쌀쌀한 세상
비 맞고 살기 싫어
우산부터 쓰고 나오는구나

강변의 갈대

강변의 갈대들이
손을 흔들어주지 않았더라면
강물은 얼마나 외롭게 흘러갔을까

장작불

얼기설기 놓아야
불타는 소리가
선명하다

혼자 생각

눈 뜨면 보이지 않던 그대가
눈 감으면 어느 사이에
내 곁에 와 있습니다

정성

흘러간 세월이
오랫동안 만들어놓은
마음의 열매

나무는 말이 없다

나무는 말이 없다
한 그루 자체가
커다란 외침이다

자전거

둥그란 두 바퀴 속에
온 세상 달려가고픈
마음 가득하다

아침 이슬

풀잎들도 밤새도록
한 맺히게 슬펐나 보다
이른 아침에 풀잎마다 눈물 맺혀 있다

보물찾기

내가 이 세상에서 찾은
최고의 보물은
바로 당신입니다

안개

거리는 환상으로 퍼지고
가까이 손잡으려면
어느새 사라진다

샛별

밤새 어둠 속에서
밝아오는
새벽을 만들고 있다

화이트데이

영원히 녹지 않을
금사탕과 함께
내 사랑을 선물합니다

아비규환

내가 여기서
과연
살아남을 수 있을까

아! 그대였구나

아! 그대였구나
내 마음에 사랑꽃
피워놓은 사람

분재

아픔의 세월
절망의 세월이
고스란히 남았다

머나먼 길

먼 길도
가다 보면
가까운 길이다

차 한 잔

외로울 땐
차 한 잔도
친구가 된다

잡풀

함부로 무시 마라
산과 들 빈 땅의
주인이 바로 나다

악행

몹쓸 짓 하지 마라
자식이 보고
따라 한다

녹초

정신을 잃고
힘이 빠지고
쭉 뻗어버렸다

이정표

너는 가는 길 가르쳐주지만
나는 죽음의 날
모르기 때문에 살아간다

장독대

항아리 가족들이 옹기종기
모여 앉아 도란도란
이야기 나누고 있다

계단

가난한 사람들
힘들고 지쳐
오르내리는 길

바닷게

똑바로 가라고
소리 질러도
못 들은 척 옆으로 도망친다

우리 사랑

얼마만큼 사랑하면 좋을까
늘 채워지지 않는
우리 사랑

내 마음의 길

나만 알고 있는
길 찾아 나서면
그곳에 그대가 있다

나의 집

사랑이 있는 곳
평안과 쉼이 있는 곳
사랑이 가득한 곳

해와 보름달

얼굴 밝고 환한데
머리카락 없는
대머리다

오월의 산

지금 막 초록을 풀어
수채화를 그려놓은 듯
색감이 살아 있다

장수하늘소

기골이 장대하게
생긴 걸 보니 곤충들의
대장인 모양이다

신바람

잘 살면
구름 위를 걷는 듯
하늘 위를 나는 듯 신난다

귓구멍

귓구멍이 깊어
네가 하는 말
다 들을 수 있다

결정

이것이냐
저것이냐
판단해야 한다

곡성

한 많은 슬픔이
하늘 끝까지
닿는다

싸움

치고받고 싸워야
허기진 욕설과
상처만 남는다

대화

큰소리치지 마라
나직하게 말해도
잘 들을 수 있다

고층 빌딩

하루 종일 모가지 길게
빼놓고 서 있으니
힘들지 않을까

겁쟁이

할 수 있는 일도
애태우고 안달 떨고
망설이며 하지 못한다

고인돌

무슨 죄를 지었기에
나오지 못하게
바위를 올려놓았을까

물음표

나에겐 큰 물음표가
하나 있다
삶이란 질문이다

귀

내 귀는
사랑의 말을
듣고 싶어 한다

조각구름

강둑에 서 있으면
하늘에 가득
그리움이 떠 있다

초상화

슬픈 무표정
죽음이 다가오는 게
싫은 거야

복 받은 사람

오늘이
그대를 만나는 날이라면
가장 복 받은 사람

집이 그립다

떠나면 파도처럼
그리움 밀려오는 탓일까
집으로 달려가고 싶다

인상 쓰지 마라

어둡고 사납게
인상 팍 쓰지 마라
꼴 보기 싫다

생색

말 많은 놈
일하지 않고
잘난 척만 하더라

굴뚝

까맣게 타는 속을
참지 못하고
연기를 내뿜는다

원천 봉쇄

아무도
들어오지
못한다

들에 핀 백합

풀 향기 가득한 들판
외롭게 피어도
정감 넘치게 예쁘다

정동 길

계절마다 아름다운 길
걷다 보면 보고 싶던
옛사랑 만날 것 같다

장난

불행은
장난으로부터
시작된다

기분 좋은 일

눈시울 붉어지도록
기분 좋은 일
생겼으면 좋겠다

들풀 같은

아주 평범한 것
끝끝내 살아남는
들풀 같은 것이다

아름다운 들판

들판에 오솔길 하나
그림 같아서
걷지 못하고 바라보았다

알전구

알몸이 눈부시도록
부릅뜬 눈으로
속내까지 보여준다

20

지지부진

제대로
되는 일이
이렇게 없을 수가 있을까

다섯 손가락

꼭 쥐면 쥘수록
속 좁은 욕심과
허무뿐이다

숙취

술기운이
아직 남아
휘청거린다

그리움 하나

푸른 하늘에
구름 한 점 떠오르면
사랑하는 이 무척 보고 싶다

핏대

붉은 피가
확 몰리도록
성질이 바싹 났다

흔적

파티가 끝나고
화려함 뒤 공허감
고독이 못을 박는다

무의미

살아도 산 것이 아니요
일해도 일한 것이 아니고
아무 보람도 없다

첫눈 오던 날

첫눈 오던 날
첫사랑 만나던 날 같아
온종일 기분 좋았다

인생이란 낚시

많이 잡아도
적게 잡아도
떠날 때 다 놓고 간다

외딴 마을에서

멀리 작게 들리던
새 한 마리 우는 소리도
가까이 정겹게 들린다

외로운 길

삶은 길이다
길 길 길
혼자 가면 외로운 길이다

고독으로 가는 길

혼자 있으면
왜 사랑해야 하는지
가슴 깊이 알 수 있다

구멍

세상이 하도 궁금해
살짝
내다보았다

열쇠

너의 마음을 열 수 있는
열쇠는 어디 있을까
사랑이란 이름의 열쇠

꿈에서라도

꿈에서라도 볼까
잠 청해보았더니
눈만 말똥해진다

고독한 날

마음마저 쓸쓸해
공원 벤치에 앉았더니
달마저 외롭다

노인정

나이 많은 사람들이
모여 앉아 입으로
과거를 낚고 있다

하루

하루를 살아도
가슴에 찡한
감동 만들며 살고 싶다

새벽달

밤새 어둠 밝히더니
이른 새벽
졸린 눈으로 바라본다

새 한 마리

새 한 마리 울며 날아가는데
나무는 말없이
서서 보고만 있다

사랑을

폭죽 터지듯
소낙비 쏟아지듯
사랑을 표현하고 싶다

잡동사니

온갖 것들이
다 모여드니
신난다

풀꽃

작은 풀꽃
해맑은 웃음
참 예쁘다

금강

꽃 피는 봄날
금강 하는 말
"내! 니! 올 줄 알았다!"

독버섯

숲 속이 아니라
네 마음속에
자라고 있다

그대 향한 그리움

나 모르는 사이에
들꽃처럼 피어난
고귀한 사랑

가장 어려운 일

내가
나를
뛰어넘는다

반역

모양과 틀에서
벗어나
싸움을 걸어온다

기만

눈을 속이고
마음을 뒤집고
별짓을 다 한다

벽시계

쉼 없이 열두 개
숫자 맴돌며
목숨 갉아먹는 소리 낸다

포장마차

몸 꽁꽁 얼었지만
포장 살짝 걷고 들어오세요
따뜻한 정 있어요

도시의 악인들

어둠 밝히려
곳곳 불 밝혀놓지만
두 눈 딱 감고 죄짓는다

커피 한 잔 1

진한 에스프레소에
고독 타서 마시면
삶 깊이 느낀다

커피 한 잔 2

밤늦게 마신 탓에
잠들지 못하고
커피 한 잔에 갇혀 있다

첫 입맞춤

촉촉한 부드러움
가장 짧게 느꼈지만
긴 여운 남는다

물방울

하나의 물방울 속에
생명이 시작되고
우주의 신비가 들어 있다

숲 속의 샘

맑은 속마음을
한없이 뿜어내
강으로 흘려보내고 있다

오월의 정오

창밖이 조용하고
바람도 없는데
내 마음만 흔들리고 있다

가을 이야기

낙엽들이 떨어지며
남기고 간
이야기

나이 탓

사는 게 뭘까
별일도 아닌데
갑자기 눈물 핑 돈다

낚시

낚시 드리우고
한동안 잊고 있던
내 마음 낚고 있었다

결국엔

결국엔
모두 다 죽는다
고독하다

꽃샘추위

오싹하게 추워도
꽃을 피우는
봄 오는 길 막지 못한다

다도해

아름다운 섬들의 낙원
제 모습 돋보이게
한껏 뽐내고 있다

강둑에 서서

강둑에 서서
흐르는 강물 바라보아도
행복하다

좋은 인상

잠깐 마주쳤는데
순수한 매력이
마음을 통째로 흔들었다

들풀

수많은
한들이
땅을 덮어간다

조각배

고요한 날 호수 위에
떠 있는 조각배
영락없는 내 모습 같다

독한 사람

잘 살고 있는 사람
염장 질러놓고
모른 척 잘 산다

손바닥

흔들고 잡고
비비고 박수 치며
모든 삶 표현한다

우리들의 삶

그리움 속에
피어나는
소망이 가득하다

과일 바구니

빙 둘러앉자
얼굴 예쁘다
서로 자랑하고 있다

팔자

숫자 중에 8 자
다른 숫자로 바꿀 수 없지만
내 팔자는 바꿀 수 있다

광대

길 따라
세월 따라
떠도는 사람들

가을밤

고독 배어들고
밤공기 난타하는
귀뚜라미 소리 들린다

섬진강

하동 가며 바라본
섬진강
그림처럼 펼쳐져 있다

34

비 내리는 날

쏟아지는 비에
흠뻑 젖고
사랑에 젖고 싶다

해안선

바다와 육지가
서로 지켜주고
파도 찾아와 주는 곳

불감

아무것도
느낄 수 없다니
이 얼마나 불행한가

거리감

가깝게 느꼈는데
멀리 떨어져
이별 시작되었다

단결

하나가 되어
똘똘 뭉쳐나가는
크나큰 힘

장난감

네가 말까지
할 수 있다면
친구가 되어주겠다

골목

눈물겹고 뼈아프던
골목길 왜 좋은가
가족이 살고 있다

사랑의 호수

풍덩 빠져버려도
건져주지 않았으면
좋겠다

소중한 사람

이 세상에서
가장 소중한 사람은
바로 당신입니다

건반

네 마음의
건반을 누르면
어떤 노래가 나올까

모순

유별난 듯한데
뛰어난 듯한데
잘못되었다

치열

도대체 이 싸움이
언제 끝날 것인가
모든 것들이 신비롭고 아름답다

밀회

정말
아무도 모를까
넓은 하늘이 보고 있는데

그믐달

누가 하늘 달
훔쳐 갔나 보다
달 보이지 않는다

소주

세월 가는 줄 모르고
소주잔 꺾다가
목숨까지 꺾지 마라

방랑자

오라는 곳
부르는 곳 없지만
찾아갈 곳 많다

아득함

멀리 떠나지 마라
돌아올 마음
없어지면 어찌하냐

땅콩

사이좋은 연인
한집에서 꼭 껴안고
떨어질 줄 모른다

양파

속 궁금해
까고 까보았더니
양파뿐 폭 속았다

성난 파도

바다가 육지 향해
내뱉는 아주 독한
성깔 강한 표현

가을이 떠날 때

몇 가닥
슬픔이 남아
숲에 맡겨두었다

낭패

실수였다
생각지도 않게
잘못되고 말았다

안전 고리

다른 한쪽으로
기울어진 사랑이
안전 고리 풀리자 떠났다

떠남

떠나네
모두 다 머물지
못하고 떠나네

이사

지긋지긋하게
돌아다녔다
가난이 떠나기까지

빈손

사람도
떠나면 빈손
배고픔과 서러움만 남는다

의자

외로워
자리 비워두고
누군가 기다린다

초상

누가 죽었나
온 집안 식구
흰옷 입었다

보석

아주 작은 것이
고귀한 가치를
품고 갖고 있다

저녁

밤이면 모두 돌아오는데
돌아가신 부모님
돌아오지 않는다

잠든 밤

잠든 밤
별이 지켜주었다
내 꿈 누가 가져갈까 봐

소중한 시간

바로
지금이야
우리 사랑할까

사랑하는 마음

둘만 위하여
훌쩍 떠나
돌아오고 싶지 않다

콩나물 통

콩들이 고개 쳐들고
크게 소리 지르는데
아무 소리 들리지 않는다

가장 아름다운 사랑

한 사람
한 사람 만나
둘이 하나 된 사랑

굴뚝 연기

잠깐 나타났다가
금방 사라지는
허무함

복숭아

수줍은 듯
붉어진 양 볼
볼수록 예쁘다

비닐우산

폭우를 비닐우산으로
막아내려고
몸부림치는 모습 우습다

쓸쓸했다

찌푸린 날
추적추적 비 맞으며
터벅터벅 걷는데 외롭다

가을의 말

떠남과
고독과
추억이다

44

첫 느낌

내 마음에
사랑 한 줄
깊게 그려놓았다

공짜

한 일 없이
그냥 주면
철부지로 만든다

오늘은

즐겁고 신나고
아주 근사한 일 하나
생겼으면 좋겠다

아름다운 이유

당신을 알기 전에는
사랑이 이토록
아름다운지 몰랐다

사람다울 때

찡한 인간미
느꼈을 때
정 꾸러미 몇 개 만들고 싶다

꿈속에서는

자유롭다
언제든 갈 수 있고
불러올 수 있다

잘못된 삶

쉽게 살면
살수록
헛방이다

바보

생각 없이
겁내지 않고
두려워하지 않는다

생명줄

엉킨 침묵 풀어내고
열정 쏟아내고
묶인 생명줄 풀어내자

철창

슬픈 응어리 안고
사방이 막혀
올 수도 갈 수도 없다

면박

꽝꽝 내지르는 말마다
칼날이 돋아
심장 찌른다

보고픔

문득 떠올라
눈에 선해
달려가 만나고 싶다

아름다운 추억

화창하고 맑은 날
파도치더라도 모래 위에
이름 크게 적어놓자

궁상

오만상 찌푸리고
쭈그리고 앉아
궁상떨고 있다

살아 있는 꽃

살아 있는 꽃
고개 쳐들고
하늘 바라본다

어머니의 유머

어머니 그건 아니에요
안이면 뒤집어라
겉이다

이끼

이끼가 끼는 것은
뭔가 빈틈이
생긴 것이다

강소주

목마름 달래지 못하고
심한 갈증이
타오른다

나목

쓸쓸해도
홀로 무던 세월
잘 견디고 있다

소꿉장난

삶이란
소꿉장난이 아니다
정신 차려라

외로운 날의 커피

독한 고독 몰려와
외롭던 날
블랙커피가 맛있다

아침 해

세상 모든 사람에게
날마다 주어지는
희망이다

날개

훨훨 마음껏
날아갈 수 있으니까
좋겠다

꽃 한 송이

넓은 들판에
홀로 피어나니
얼마나 놀라운 힘인가

가면

얼굴 가릴 수 있지만
속마음
드러나는구나

낡은 시계

가치 없게 여기지 마라
낡은 시계도
새로운 시간 울린다

장대비

하늘도 속 시원하게
눈물 한번
재대로 쏟았다

가슴에 흐르는 강

뜨거운 가슴에
마르지 않는
그리움이란 강 흐른다

흥미

구미가 당기고
관심이 생기고
재미가 있다

집으로 간다

온종일 발목을 잡던
일이 끝나면
집으로 간다

조팝나무

눈 내리던 겨울
그리웠나
눈꽃 하얗게 피었다

사랑의 등불

사랑의 등불 하나
켜놓고 살면
이웃이 서로 정답다

빨래

목욕하고
홀가분하게 널려
바람을 맞이하고 있다

심술

눈이 찌그러지고
입술이 나왔구나
심보 좀 고쳐라

사랑의 지도

내 마음 펼치면
그대 찾아가는 길
가르쳐준다

벽난로

장작 타는 소리 들으며
한 잔의 커피 마시며
이야기 속에 한없이 빠져든다

헌책방

나의 오랜 친구
나를 시인이 되게
만들어주었다

붕괴

멀쩡해 보였는데
하루아침에
폭삭 무너져 버렸다

연필

까맣게 탄 심으로
시 써 내리면
진한 향기 난다

봉기

분명한 목적 아래 모여
변화를
일으키고 싶다

우리 둘은

우리 둘은
하나가 되고 싶어서
결혼하였다

발

어디론가 떠나고 싶다
고맙다 네가 있어
구경 한번 잘한다

회상

지나온 삶
빠르게 흘러가
찡한 아쉬움 남는다

새벽시장

살기 싫거든
새벽시장 가라
참 열심히 산다

곡절

슬픈 이야기가
꼭꼭
숨어 있다

생목숨

어찌어찌해도
살아 있는 목숨을
어찌하랴

긴장

목 서늘하게
온도 내리고
온몸 털 솟구쳤다

웃음판

꽃 웃음판 벌어지고
찾아온 봄
환영한다

어린 풀도

어린 풀도 겨울 칼바람
이겨내고 꽃 피우는데
왜 못 사는가

봄 숲길

연초록 향연 속에
사랑에 빠지고 싶어
마냥 걷고 싶다

산수유

그리움 가득해
뒤돌아보면 사랑하는 이
어디쯤 올 것 같다

청소

묵은 먼지 털수록
홀가분해
깨끗해지고 싶다

수확

뿌리고 심은 것을
거두는
기쁨이 있다

버드나무

봄 햇살에 머리 감은
처녀들이 초록 머리칼
말리고 있다

베고니아

눈빛이
미치도록 좋아
꽃잎 따 먹고 싶다

당나귀

궁금증 도졌나
꼭 듣고 싶은 말 있나
귀만 자꾸 커졌다

침잠

끝 모르게
내려가고 있는데
어디로 가는 것일까

당분간

뭐라고 할 수 없지만
뭔가 부족과
아쉬움을 준다

봇물

쏟아져 나와
견딜 수 없어
터져버렸다

백조

맑은 하늘 아래
호수 가르고 있으니
뛰어나게 아름답다

감탄사

신나서 좋아서
기뻐서 터지는
감동의 말

야속

아직도
내 마음을
모르고 있는 거야

넝쿨

꽉 막힌 담
넘어가려고
자꾸만 기어오른다

밤꽃

야릇한 향기
후끈 달아올라
품 안에 뛰어들고 싶다

뻐꾸기

뭘 알아달라
왜 매일 똑같은
소리로 울어댈까

들키지 마라

나는 지난여름에
네가 한 일을 알고 있다
들키지 마라

찔레꽃

피멍 든 삶
꽃으로 피어나
행복하다

뜻밖에

전혀 예기치 않았던
낯선 일이
눈앞에서 벌어졌다

장미

가시 속에
피어나도
사랑 고백하고 싶다

라일락

하얗게 피어올라
은은한 향기 스며드니
가슴앓이하지 않을까

동화

아이의 눈 말똥하게
귀 쫑긋하게 만드는
꿈같은 이야기보따리

가위눌림

두려움에
시달리다
벌떡 깨니 섬뜩하다

소

큰 눈망울이 순해
늘 가까운데
아낌없이 주고 떠난다

말 한마디

이 말
한마디 하고 싶었다
"사랑한다"

떠나는 이유

외로움 칭칭 감겨오고
숨 콱 막혀도
더 묻고 싶지 않았다

채송화

키 작은 슬픔 넘어
날마다 행복해
하늘 보며 꽃 핀다

배반자

너
아직도
하고 싶은 말 있냐

동물

신기하다
동물이 몽땅
이름처럼 생겼다

오이

누구에게 보여주려고
미끈한 몸매
자랑하느냐

맞짱

잘난 척 싸워야
좋은 일 없고
상처만 남는다

책 읽기

고독한데 글자는
눈에 들어오지 않고
멀리 걸어가고 있다

발목

잡히면
모든 걸
잃는다

생각난다고

간간이 찾지 마라
그리워하며 사는 것도
때로는 더 애틋하다

워낭 소리

풍경 소리
소들의 정겨운
울음소리

잊고 싶을 때

눈 감고 싶다
말하고 싶지 않다
아무 소리 듣고 싶지 않다

고생

죽을 것같이
힘들어도
좋은 날 찾아온다

개꿈

낮잠 좀 자려 했더니
지독하게 시달렸다
꿈이니 다행이다

박

잘 익은 수박
한입 꽉 깨물면
무더위 싹 날아간다

빈터

바람도 지나가고
풀도 나지만
정착된 것은 없다

북

사정없이 두들겨라
흠씬 패라
내 가슴 소리 퍼지도록

허세

못나고 부족한 걸
전혀 모르고
허풍을 떤다

튤립

무릎 치며 탄복할 정도로
고고한 자태로
멋있게 피어난다

아카시아

꽃향기 풀어놓으면
찾아오는 벌 나비
어떻게 감당하려는가

콩나물

오선지에 던지면
아주 멋진 노래가
흘러나올 것 같다

조개껍질

파도에 밀려온
빈 조개껍질
알맹이 어디 두고 왔을까

잊으려

잊으려 몸부림쳤더니
기별 없이 찾는 걸
어찌하나

넋두리

가슴에 갇혀 있던
신세타령
푸념처럼 쏟아진다

오랫동안 남는 것은

세월에
때 묻지 않은
욕심 없는 들풀

숯

불길에 타올라도
연정은 고스란히
숯덩이로 남는다

초롱꽃

누가 오는가
초롱불 밝혀도
아무도 찾아오지 않는다

부모라면

부모라면
기억해도 좋을 순간
자녀에게 남겨줘라

희롱

사람의 마음 갖고
놀지 마라
너도 사람이 아니냐

붉은 고추

붉게 물들어
독이 잔뜩 올라 당장
큰일 저지를 것 같다

냉수 한 사발

온도계 호흡이 빨라지고
땡볕 뜨겁게 쬘 때
냉수 한 사발 시원하다

알사탕

혀로 돌돌돌 굴리다가
어금니로 와짝 깨물면
좋은 일 생길 것 같다

돌고래

배 타고 가다가
돌고래 만나면
눈이 호강이다

외길

삶은 외길
죽음으로 향하는 길
다른 길 없다

빈 그네

누가 타고
놀다 갔을까
외로움 혼자 남아 있다

시 쓰는 밤

어둠 속
시 한 편
밝혀놓았다

물안개

잔잔하게
피어오르면
말없이 바라보고 싶다

대추

외로움에
울먹이던 마음
볼 붉어져 앙 깨물고 싶다

빨간 우체통

사랑에 흠뻑 빠져
그대 연서
받고 싶다

햇살 맑은 날

햇살 맑은 날
얼굴 보일 것 같아
눈 맑아진다

안개꽃

무엇을 감추고 싶고
가리고 싶어
무리 지어 피는가

독수리

섬뜩한 눈빛이
착한 하늘 아래
독하게 배회하고 있다

비웃음

넘어지고 쓰러질 때
빤히 바라보며
깔깔깔 웃었다

벽

몹쓸 생각이 만든
얼마 되지 않는
생각이 괴롭힌다

궁금증

끝없이 만들어지는
물음표의
연속 행진이다

소싸움

뿔 들이대고
싸우다 끝장나면
도망쳐 버린다

쓰레기

깨끗한 세상 원하면서
왜 아무 데나
버릴까

감나무

등불 수없이 켜놓고
간절한 걸 보니
보고픈 이 있나 보다

이루어질 수 없는 사랑

당신은 당신대로 살고
나는 나대로 산다면
무슨 사랑인가

가을 산

색깔대로 단풍을
잘 물들인
화가 누구일까

한 줌뿐인 사랑

허공 쥐어봐도
한 줌뿐인 사랑
후회 없이 불타오르자

콩

콩 껍질 속에
콩들이
콩 콩 콩 들어 있다

마른 수숫대

마른 수숫대만큼
처절한 외로움 속에서
흔들려보았는가

종이비행기

하늘에 날리며
내 마음도 힘껏
꿈 담아 날려 보냈다

잃어버린 시간

한탄해서 무엇 하나
남은 시간이
더 소중하다

생선 장수

탁탁 칼질 몇 번에
싱싱하던 바다가
통째로 토막 나버린다

교도소

들킨 도둑 들어오고
안 들킨 도둑
버젓이 살아간다

일하는 즐거움

땀 흘리는 즐거움 알고
피곤 이기며 일하는
사람은 행복하다

가끔씩

눈물 나는 세상
가끔씩 힘들면
당신 가슴에 침몰하고 싶다

탈춤

탈 쓰고 춤추면
풍자하고 재미있지만
진실은 사라진다

비 오는 날에는

파전, 녹두빈대떡 파는
술집 사람 가득하다
술 당기나 보다

가을 나무 1

고독에 취해 독한 술 마셨나 보다
빨갛게 물들고 노랗게 질려
속내 드러나 보인다

가을 나무 2

여름날 얼마나 지독한
열병이 들었으면
옷 훌훌 벗고 겨울 맞이할까

귀띔

조금은 불확실하게
어렴풋이 들려주는
있을 법한 이야기

화병

울화가 치밀고
불만이 쏟아져 내려
속 끓는 마음의 병

사진

찰칵하는 소리와 함께
한순간이
정지되어 남는다

그리움 한 장

마음에 펼쳐놓고
늘 기억해도 좋을 만큼
추억 만들고 싶다

담쟁이

무엇이 궁금한지
밤낮없이 담벼락을
기어오르고 있다

인생이란

인생이란 사진기는
단 한 번
필름 넣을 수 없다

그대 오는가

그대 오는가
발자국 소리 듣고 있는데
그대 오는가

계란

스스로 깨고 나와
장닭이 되어야
새벽을 울린다

가을이 깊어가면

눈물이 날 정도로
맑은 푸른 하늘 아래
눈빛 따뜻한 사람 보고 싶다

유머 감각

꼭꼭 숨겨뒀던
유머 감각 펼쳤더니
웃음 터져 배꼽 잡았다

참 고맙다

외로운 그림자
떨쳐낼 수 있으니
참 고맙다

야간열차

갈 길은 멀고
창밖에 보이는 것 없고
나른하고 피곤하다

배

아무리 좋은 배라도
정박되어만 있으면
썩어가는 고철이다

해가 저물면

해가 저물기 시작하면
피로와 갈증 풀려고
맑은 소주에 목 축인다

유종의 미

한 장 남아 있는 달력
유종의 미로 아름답게
열매 맺고 싶다

집중

초지일관
한 가지 일에
모든 것을 쏟는다

앵무새

내 목소리를 한번
제대로 내보아라
왜 흉내만 내느냐

멸시

무시하며 하찮게
여기지 마라
그대로 돌아온다

단 하루를

단 하루를 살더라도
꿈을 갖고
사람답게 살아야지

동행

언제나 함께
같이할 수 있는 것은
놀라운 축복이다

사랑의 길목

사랑의 길목에서
목숨이 다하는 날까지
사랑한다

살다 보면

살다 보면
좋은 일이
생길 거야

느낌

사랑할 때
아무 말 없어도
눈빛으로 통한다

번개

죄짓는 자들에게
하늘이 경고의 소리를
보내고 있다

불평

지각하는 사람이
불평 많고
남 흉 잘 본다

물건값

명품 잘도 사면서
노점 장사꾼에게
몇 푼 값 깎지 마라

잘난 척

잘난 척하지 마라
교만하면 추락하는 꼴
볼 것이니 겸손해라

허풍선

허영이 많으면
잘 오르다가
터져버려 허무하다

놀라운 일

하나님은 가끔씩
이런 일이 있을까
감동의 선물을 주신다

아침 인사

인사 나누는 것은
참으로 기분 상쾌한
소통의 시작이다

행함

행한 대로
선은 선으로
악은 악으로 돌아온다

나와 나

나와 나 사이에
간격보다
친밀감이 있는 것이 좋다

지게

당신이 져준다면
내 등 위에
짐을 져주겠다

난장

정신이 하나 없이
혼이 나간 듯
떠들썩하다

장사꾼

장사 잘한다는
소문 잘 나야
대문 활짝 열린다

교회 종소리

종소리가 울리면
많은 사람의 마음이
제자리를 찾아간다

목

뻣뻣하면 교만하고
부드러우면
겸손하다

강퍅한 마음

인정 없고
물기 하나 없이 깡마른
삭막한 사막 같다

선한 영향력

착한 마음
선한 마음으로
도우면 선한 영향력이다

옹이

상처가 옹이를 만들고
옹이와 상처 없는
성장은 없다

감

나무에 다닥다닥
대가족 한 식구
함께 모여 잘 산다

유산

장례식 아주
조용히 끝났다
유산 전혀 없었다

가을 기차

떠나는 기차는
왠지 쓸쓸해
이별하는 것 같다

봄이 가는 길

막지 못해
꽃 떨어질 때마다
홀쩍 떠났다

마음의 짐

짐 하나 없고
시름 하나 없는
그 누구도 없다

흥정

사는 맛 한층 더
재미있게 만드는
줄다리기

아귀

얼마나 먹을
욕심이 많으면
입만 커졌나

한순간

모든 것
찰나에 일어나
참으로 놀랍다

빗소리

슬픈 울음처럼
들리던 날
나도 울었다

성냥

평생에
불 한 번 딱 붙이려고
사각의 감옥에 갇혀 있다

헤어짐

좋았던 감정이
두 쪽으로 살라질 때
점점 더 멀어지는 발자국

나약

끝없이
아주 작게
파르르 떨고 있다

네 탓

모든 잘못은
네 탓에서 시작한다
남 탓하지 마라

지각

지각 좀 하지 마라
일할 분위기
정말 나빠진다

꽃밭

인생은 꽃밭이다
어떤 씨앗을 뿌리고
키우느냐에 따라 달라진다

결단

주먹 불끈 쥐고
허리띠 제대로 매고
신발 질끈 묶고 살자

따뜻함

등이 따뜻하면
가난이 떠나고
가슴이 따뜻하다

삶은 메아리다

말한 대로
노력한 대로
돌아온다

초주검

죽기 직전까지
뭉개버리고
짓밟아버렸다

열매

열정 다하면
열매 맺으니 기뻐하며
나누며 살자

인상

인상 쓰지 마라
표정이 살아야
인생이 산다

화살표

길을 알려준다고
다 길이 아니다
길이 아니면 가지 마라

티끌

티끌 하찮게 여기지 마라
너와 나도
티끌로 돌아간다

막

모든 것이
막을 내렸다
더 이상 나갈 길이 없다

바람 불던 날

고래고래 소리치며
계속 달려드는 모습이
바다가 화 단단히 났다

고통을 당할 때

질문 던진다 왜
모든 것이 적이 된다
죽이고 싶도록

염장

힘들어 죽겠는데
염장을 지르다니
꼭 해야 되냐

섬 길

걷고 걸어보아도
섬 떠나
더 걸을 수 없다

이른 아침에

처량하게 구슬피 우네
간밤에 어미 새
세상 떠난 것은 아닐까

사랑해야 할 이유

죽음이 오기 전에
열렬하게
친밀하게 사랑하라

얼굴

지울 수 없고
볼 수 없는
얼굴 하나 있다

새벽차

새벽차 타는 사람들
잠 부족해
눈 감고 잔다

가을 여자

온 세상에 단풍 드는
절망에 몸 떨며
고독에 풍덩 빠졌다

잘못된 비난

몇 마디 말로
멀쩡한 심장에
비수를 팍 꽂는다

고로쇠

나무 핏물
빼 먹으니
픽 잔인하다

초조

겁 많은 눈알
살살 굴리며
의심 가득하게 바라본다

의뭉스럽다

겉과 속을 알 수가 없어
분명하지 않고
믿을 수가 없다

공

튀고 싶은 마음이
가득한데
어디로 튈까

추임새

잘하든 못하든
북돋아 준다
좋아! 얼씨구! 잘한다!

세 치 혀

보잘것없는데
웬 말이
그리도 많은가

98

새 밥

새들은
누가 밥해주나
한 번도 못 봤다

상심

괴롭고 힘들어
마음마저
잃어버렸다

성공

고난의 골이
깊으면 깊을수록
성공이 멋있다

역시나

안 될 일은
안 되는 것을
뒤늦게 깨달았다

반딧불

네가
어둠을 밝혀보아야
달만큼 하겠느냐

헐값 인생

제값도 못 하고
제구실도 못 하며
사람답지 못하구나

선잠

잠들까
말까
잠들지 못해 깼다

여인

가을에 가련하게
피어난
한 송이 들국화다

억척

대단하다
가난과 시련
모든 고통을 이겨냈다

성화

극성스럽게
마구 흔들어놓으니
견딜 수 없다

성애

강추위가
만들어놓은
겨울 외투다

눈꽃

한겨울에 내리는
눈이
꽃으로 피어난다

누명

죄짓지도 않았는데
뒤집어쓰고 말았다
이를 어찌하나

표류

정해진 곳도
머물 곳도 없이
정처 없이 흘러간다

태엽

꽉 숨차게 감지 말고
풀릴 수 있도록
넉넉하고 여유 있게 감아라

새벽안개

무슨 안 좋은 일
일어난 모양이다
새벽부터 세상을 가렸다

노후

병들지 말자
요양병원 가지 말자
돈 탈탈 털어 다 쓰고 가자

처참

눈 뜨고 볼 수 없게
찔리고 찢어지고
부서져 버렸다

졸지

전혀 생각하지
않았던 일이
벌어졌다

알거지

아무것도
가진 것 없이
몸만 남았다

장기

두 노인이
아주 깊이 빠져 있다
내기 장기였다

실마리

하나라도 무언가
잡혀야
시작할 수 있지 않을까

갈피

도대체
뭐가 뭔지
전혀 모르겠다

새똥

새가 날아가며 싼
새똥을 맞다니
세상 참 좁다

흉내

자기 삶 없이
남의 흉내만 내며 살면
뭐 하나

벌초

내 머릿속의
온갖 잡생각을
잘라버리고 싶다

포옹

사랑의 극치의
행복한
순간이다

방파제

바다에 가면 서 있고 싶다
성난 파도가 몰아쳐도
제자리를 지키고 있다

한오백년

늙어 힘들어 못 살 거다
재미없어 못 살 거다
사는 인생 살다 가자

몸 가뭄

속 타 열불 나고
입 바싹 말라
물 먹고 싶다

맥

맥 빠지게 살지 말고
힘차게 뛰며
강하게 살라

반지

사랑의 아름다운 약속을
지키고 싶어 하는
마음의 표현

썩은 양심

확 대패질하여
한순간에
아주 싹 밀어내고 싶다

뒷골목

수많은
이야기가 만들어지고
사라지는 곳이다

투망

날마다 세상에 던진다
꿈과 희망을
건져 올리려고

홀로

홀로
외길을
걸어가고 있다

수의

죽은 자만이
입고
떠난다

야심

불온한 마음으로
남을 헤치며
욕망을 이룬다

고해

숨겨놓았던 비밀을
말하는 데는
큰 용기가 필요하다

공허

허탕 치고
텅 비어버린
마음

자학

스스로 갇혀
자기를 괴롭히니
이 얼마나 치욕인가

생존

살아남기 위해
벌이는
치열한 싸움

냉혈

피도
눈물도
바싹 말라버렸다

울화통

속이 뒤집어지고
엎어지고 쏟아져
어찌할 도리가 없다

매정

정 하나도
남김없이
싹둑 잘라버렸다

슬플 때는

노래를 불러라
조금은
위로가 될 것이다

누군가

누군가
나를 알아준다는 것은
참 행복한 일이다

부인

밤새도록
생각해도
그래도 아니다

쉬!

아무 소리 하지 마라
나는
다 알고 있다

만약에

어쩌면
엄청난 일이
벌어질 수 있다

어리둥절

무슨 일인지
어떤 일인지
도대체 알 수가 없다

나무 그늘

사람이 머물다 떠나며
두고 간
이야기가 있다

울음

울어보았나
슬퍼서가 아니라
보고 싶어서

주눅

기가 죽고
풀이 팍
죽어버렸다

나무처럼

꽃 피우고
열매 맺는
나무처럼 살고 싶다

어린 시절

흑백사진 속에
남아 있던 어린 시절
그리움이 밀려온다

사랑에 빠지면

사랑에 빠지면
눈이 밝아져서
세상이 아름답게 보인다

금세

눈 깜짝할 사이에
감쪽같이
일어난 일

교차로

인생은 오고 가는 길이
잘 돌아가야지
막히면 큰일 난다

피

뜨겁게 흘러야 살지
차갑게 흐르면
죽는다

문전박대

다시는 가지 말자
다시는 오지 말자
영영 잊고 살자

백사장

바닷가에 모래들이
무슨 일을 하려고
모여드는 것일까

빛과 어둠

빛은 위에서 내려오고
어둠은
아래에서 위로 올라간다

응급실

생의 기로에 선
절박한 사람들이
매달리는 곳

뚜껑

닫혀 있어야
뚜껑이다
잘못 열리면 큰일 난다

거리 풍경

왜 내 감정에 따라
풍경이
달라 보일까

등살

힘들게
괴롭히고
못살게 굴고 있다

놀이터

아이들이 뛰노는 곳
아이들의 웃음이
살아 있는 곳

희열

가슴에
기쁨이
흘러넘친다

전전긍긍

제대로 되는 것도 없고
할 수 있는 것도 없어
목숨 부지하고 산다

설움 1

왜 나만
이런 일 당하나
눈물이 쏟아진다

설움 2

슬픔이
눈물을
몰고 온다

간사

네 안에
뱀의 혀가
날름거리고 있다

신뢰

까발리고 설치는 것보다
묵묵히 일하는 모습이
믿음직하다

천형

넝마 조각이 되도록
이루지 못할 사랑을
꽁꽁 묶는 것은 천형이다

클로버

들판에 떠드는 소리 들려
헐레벌떡 뛰어갔더니
클로버잎들이 수다를 떤다

태연

모르는 척
아닌 척
시치미 딱 떼고 있다

서두름

욕심이
한발 앞서면
일이 틀어지고 만다

그대 온다면

그대 온다면
만사 제쳐놓고
달려가고 싶다

회개

용서를 구하는
간절한 눈물에
죄가 씻겨 내려간다

맨드라미

개구쟁이같이
꿍꿍이속 있나
빨간 입 맞추고 싶으냐

빈 마음

마음을 깨끗이 비우면
많이 가득히
수북하게 채워진다

한적한 오후

배 한 척 물살을 가르며
강을 올라가고 있다
나도 같이 타고 싶다

실연

눈물이 핑 돌고
생각이 뒤엉키고
막막한 슬픔에 병날 것 같다

곰취

산기슭에서 뜯어 온 곰취
잘 묵은 된장 싸서 먹으면
봄 향기 입 안 가득하다

벚꽃놀이

하늘에 축포를 쏘아놓은 듯
무진장하게 피어나
축제를 만들어놓는다

손

사랑할 때 따뜻하지만
미워할 때
싸늘하게 식는다

기막히다

힘이 하나도 없이
사라져
어찌할 수가 없다

빵 익는 시간

향기가 코끝에 닿으면
시선 끌어당겨
잘 익은 빵 먹고 싶다

금붕어

조그만 공간 맴돌며
흥미 없고 답답해
아무런 말 하지 않는다

마음의 행간

생각의 모서리에 있던
사랑이라는 말을
마음의 행간에 써놓고 싶다

야시장

밤이면 시끌벅적
보고, 사고, 먹고, 즐기는
사람 사는 소리가 들린다

폭우

온 세상이
비 비 비
비 천지다

부엉이

어둠 속에서 겁먹었는지
꼼짝도 하지 않고
눈동자만 자꾸만 커진다

레몬

자꾸만 벗겨
달콤하고 새콤한
맛을 느끼고 싶다

형벌

이 비참한 벌을
어떻게
감당할 수 있을까

달마중 꽃

한밤중에
달마중하려고
꽃으로 피었구나

동결

몽땅
꽁꽁 묶여
움직일 수가 없다

몰입

골똘한 생각이
한곳에 집중되어
몰려가고 있다

우뚝우뚝

힘차게
힘차게
키 커가고 있다

무당

한 풀고 넋 풀어보고,
씻고 씻어도
억한 심정은 늘 남는다

남 탓

내 잘못이 아니야
절대로
네 잘못이잖아

부르짖음

원하는 것을
얻으려고
고성을 고래고래 지른다

채석강

바다가 언제
책을 읽겠다고
수북이 쌓아놓았을까

사색

천천히 걸으면
자연과 동화되어 호흡하고
생각의 문 열린다

재회

얼마나
고통스럽게
기다려야 오는가

솔개

하늘을 향하여
비상할수록
멋지고 아름답다

바람 부는 날

마음이 뒤숭숭해
어디론가
떠나야겠다

집념

한 목적으로
가기 위하여
뼈 강하게 만들었다

마음 문

닫으면 갇혀 살지만
열면 통로가 되고
많은 사람을 만난다

입바른 소리

입바른 소리
잘하는 사람치고
일 잘하는 사람 없다

탈출

자기만의
감옥에서
떠나라

격려

수척하고
가슴 저린 마음
따뜻하게 두드려준다

박수

억지로 치기보다
좋아서 쳐야
진짜 박수다

나락

끝 모르게
곤두박질치는 걸
막을 도리가 없다

달 밝은 날

한번 찾아오시게
대청마루에 앉아
차 한잔 어떤가

보금자리

가족이
행복하게
살아가는 집

뒷걸음

도망치고 싶은데
여유가 하나도 없어
어쩔 수 없다

굴복

할 수 있는 일이
하나도 없어
무릎을 꿇었다

평행선

아무 일도
일어나지 않는
아주 평범한 날들

겨울의 끝

하얀 눈 쌓인 풍경에
햇살이 따뜻하니
사랑하는 이 보고 싶다

불청객

생각지도 않았는데
원하지도 않았는데
문득 찾아와 괴롭히고 있다

폭로

있는 것도 없는 것도
꾸며낸 것도
사실인 양 까발린다

눈빛

째려보는 눈빛에
팽팽한
긴장감이 흐르고 있다

헛맹세

마음에
전혀 없는
말을 하고 있다

백로

하얀 백로 한 쌍
강물에 다리 담그고
묵은 때 씻고 있다

어설프다 1

야무지고
똘똘하지 못하고
엉성하다

어설프다 2

부족하고
여리고
나약함에 눈물 난다

메아리

내가 먼저
소리를 내야
대답이 돌아온다

친구 얼굴

오랜만에 만난
친구 얼굴 보고
세월의 무상함을 깨달았다

할미꽃

외로운 산길에서
떠난 세월 안타까워
고개 숙이고 혼자 울고 있다

이슬비

촉촉한 감촉에
새싹이 놀란 듯
쏘옥쏙 돋아난다

국수 한 사발

배고픈데
양심도 없나
건져 먹을 게 없다

새우잠

간밤에 꽉
웅크리고 잤더니
새우잠 잤다

바닥

바닥을
잘 아는 사람은
올라가는 길을 안다

계곡

신의 노여움과
성난 비바람이
휩쓸고 지나간 흔적이다

불현듯

전혀
생각하지도
않았을 때

한계

알 때와 모를 때와
뛰어넘을 때
전혀 삶이 다르다

군더더기

깨끗하고
단순해야 좋다
쓸데없이 끼면 더럽다

적막강산

오르기도 힘든 산등성이를
오르면 오를수록 기쁨이
쏠쏠해 정상에 선다

상사화

보고픔에
그리움에
병이 났구나

가난의 뒷골목

추억의 가난한 동네
뒷골목에는 아직도
친구들이 뛰놀고 있다

속병

마음에 상처가
똘똘 뭉쳐
풀리지 않는다

참견

왜 그러냐
속상하냐 싫으냐
궁금하냐

전심

온 마음으로
생각을 결집해
하나로 매달렸다

양말

발을 보호해주고
가는 길
같이하는 동행자다

청둥오리

하늘을 향하여
비상할 때 부러워
비상하고 싶다

너를 만나면

그냥 좋다
마냥 좋다
한없이 좋다

비 오는 밤

어둠 속에 비가 내리면
왠지 쓸쓸해
눈물이 난다

사글셋방

달마다 잊지 않고
두 눈 부릅뜨고
월세 날 달려온다

저녁나절

저녁나절 쓴 소주
한잔할 사람 없으면
씁쓸하다

전율

뼈 마디마디마다
신경 하나하나마다
걷잡을 수 없이 흔들렸다

숲에는

나무와 풀과 구름과
흐르는 물과 동물들이
하나가 되어 숲을 이룬다

참 기분 좋은 날

무릎을 탁 칠 정도로
환호하고 싶은 날 있다면
참 행복한 날이 아닌가

술 한잔 1

아주 기분 좋게
취하면
근심 걱정이 사라진다

술 한잔 2

땅거미가 내리고
가로등마저 충혈되는데
이 밤 그냥 보내겠는가

질겁

새파랗게 질려
겁에 잔뜩
묶여 있다

연어

떠난 고향이 그리워
바다로 강으로
그리움 따라 찾아온다

귀가

일을 끝내고
집으로 가는 길
발걸음이 자꾸 빨라진다

종

때려야
맞아야
아파야 소리가 난다

겨울 강가

떠나지 못하고
발목 잡힌 갈대들이
아직 남아 있다

낡은 집

사람이 살지 않으면
조금씩 무너져 내려
폭삭 주저앉는다

벽제 화장터

가고 싶지 않았다
사랑하는 이
떠나는 모습 보기 싫었다

모진 바람

인생의 모진 바람을
알지 못하는 사람은
인생을 알지 못한다

풀벌레

울음소리로
계절을 알려주는
자연의 전령사다

해야 할 일

할 일이 있으니 사는 거야
필요 없다면
말없이 떠나야지

탄성

기쁘고 즐거워서
마음껏 소리 내어
지르는 소리

달콤한 죽음

꿀벌이 꿀통에
빠져 죽었으니
얼마나 달콤한 죽음인가

탑

쌓으면
쌓을수록
한 맺히게 간절하다

잉어

강물을 유유자적
휘젓는 걸 보면
물고기답게 잘 산다

함박꽃

세상 웃음이 다 모여
웃음꽃을
활짝 피워놓았다

해돋이

동쪽 하늘에
아침 해가 뜰 때
희망도 같이 뜬다

술

혼자 먹으면
미친 그리움이
찾아온다

눈사람

얼마나 추웠으면
햇볕이 쨍쨍하자
금방 녹아버렸다

물수제비

잽싸게 돌 던져
파문이 줄지어 일어나면
기분이 썩 좋다

땅끝

땅끝을 찾아왔더니
땅끝이 아니라
또 다른 시작이다

옥탑

내려간 인생이
올라갈 데까지 올라가
사는 곳이다

격동

거침없이
쉴 사이 없이 움직이는
마음과 행동

얼마나

얼마나 많은 사람들이
의미 없이 덧없이
소외되어 죽어가는가

나 때문에

나 때문에
행복한 사람이 있다면
살아갈 이유가 충분하다

더부살이

대단한 것 같아도
더부살이하다
가는 것이다

햇볕 좋은 날

빨래들이
줄에 매달려
일광욕을 즐기고 있다

도도히

아무런 거리낌 없이
있는 그대로
보여주고 있다

연륜

흘러간 세월이
만들어주는
여유

떠난 후에

널 사랑했구나
가슴 가득히
그리움이 고인다

우산 하나

비 오는 날 둘이 걸어도
우산 하나
왜일까요 사랑하면 알아요

달맞이

달이
님인 양
마중 나간다

뒷모습

떠난 후
뒷모습이라도
보고 싶다

호소

꼭 해주기를 바라며
간절히 바라는
애타는 마음

가난 설움

밑바닥인데
어디로
더 내려가야 하나

능선

가난의 고비를 오가며
지치게 살아
너무 힘들었다

사무치다

그리움의 언덕을
넘어서
병나도록 그립다

부족

빼앗기고 뜯기고
부족하면
싸움이 일어난다

초점

마음의 앵글에
초점을 맞추면
그대가 보인다

손톱

분신을 삭둑 잘라도
아프지 않은 것 보면
정 떼어놓은 모양이다

이기심

남은 생각하지 않고
내 쪽으로만 당기고 싶은
지나친 욕심이다

우울증

슬픔 삭이지 못해
가슴에
병들었다

불면

온갖 잡생각이
많아서
잠들지 못했다

그네 1

하늘 높이 오르면
무서운데
왜 재미가 있을까

그네 2

하늘 높이
치솟아 올라가면
어디쯤 그대 보일까

낙조

태양도 저물 때
아름다운데
인생도 그렇지 않은가

담양

대나무 숲을
거닐다 만난 것은
내 마음이다

비애

눈시울을
젖게 하는
슬픔

번뇌

마음이 와장창
부서져
힘들다

어리석음

못난 이들이 서로
불행의 기지개를 하며
자랑하고 있다

한탄

뒤집을 수도 없고
바꿀 수도 없으니
나오는 것 타령뿐이다

만일

있을 수도 없는 일인데
살다 보면
가끔씩 일어나니 놀랍다

과묵

할 말도
하지 않고
지나치게 말이 없다

풀밭

넓고 넉넉해 언제나
찾아가면
자리를 내어준다

막막한 세상

길을 물어보아도
갈 길을 잃고 헤매던
막막한 세상

잠깐만

지금이 지나가면
후회할 것 같다
잠깐만

좋은 시절

철없이 송사리 떼처럼
이리저리
몰려다닐 때가 좋았다

명아주

가난했던 시절
줄창 먹었던
눈물 나는 고마운 나물

냇물

작은 고기들이
오고 가기에
아주 좋은 길목이다

의분

가슴 밑바닥에서부터
끓어오르는
의로운 분노

월식

어둠이
배가 굉장히 고팠나
달까지 먹고 있다

산하

산과 강이 아름다우면
그보다 좋은
풍경이 있을까

화가

붓 하나로
그림을 완성해놓으니
찬사를 보낸다

한 끼

노동의 결과로
먹는 식사
감사하고 소중하다

고승

가진 것도 없이
쥔 것도 없이
빈손으로 떠난다

무소식

너무
오랫동안
궁금했다

햇볕 속으로

어둠 속에서
불행하게 살기 싫어
햇볕 속으로 들어왔다

무대

누구나 공연을 한다
관객의 반응에 따라
삶이 달라진다

대망

커다란 꿈이
심장을 환하게
밝혀준다

낙심

공중에서 떨어져
산산조각 난
기왓장 같다

시무룩

뭔가 안 풀리고
쓸쓸할 때
나타나는 얼굴 표정

퇴근

사랑이 잔뜩
배어 있는 가족이 있는
집으로 간다

세상일

오늘도 많은 사람들이
소리 없이 비참하게
죽어가는가

별종

어찌할 수 없고
어떻게 해야 할지
해결할 방법이 없다

거목

반듯하게
오랜 세월
잘도 이겨냈다

수줍음

산에서 만난
진달래
온통 수줍음이다

산에서

도토리 한 알
내 발 앞에 굴러왔다
산에 오길 잘했다

156

과녁

너의 마음의 과녁에
사랑의 화살을
쏘고 싶다

충돌

눈앞에서 벌어지는데
막을 방법이
하나도 없다

명상

지우고
떠나는
고요한 시간

서툴다

이겨내기 위해
무딘 모서리
피멍이 들도록 아팠다

먼 바다

그리움과 동경의 대상
떠나려니
거센 파도 몰아친다

야무지다

허술하게
빈틈없이
옹골지게 꽉 차 있다

헛꿈

꿈이 아닌데
꿈이라고
쫓아다닌 어리석음

용기

원하는 것은
다 할 것 같은
강한 힘

노인들은

서두르지 않는다
아주 느리게 걷는다
남은 삶이 너무 짧다

이해

내가 잘못했을 때
섭섭한 마음이 있으면
털어버려 미안해

고난

시련 속에서
절박함이 남아 있어
꿈을 이루어냈다

겨울 도시

맹추위와 폭설에
세상이 꽁꽁 얼었다
봄이 오면 새싹이 날까

삶의 여백

삶의 여백을
아름답게 수놓아야
큰 행복을 누릴 수 있다

긍지

왠지 가슴
뿌듯하고
당당한 일

먼 그대

소식 없어
영영
만날 수 없다

자존심

얼마 안 되는
이 힘마저 없으면
살 수가 없다

묵상

소리 많은 세상에서
고요한 시간
자기를 찾는 시간이다

소박함

꾸미지 않아도
있는 그대로
아름답다

어느 오후

고양이 울음소리조차
바람에 흐트러지는데
왠지 쓸쓸하다

땅 부자

세상 땅
다 가질 줄 알았더니
한 평 땅에 묻힌다

젊은 시절

감당하기 힘든
고통과 시련이
축복이 되었다

우주를 안고 자는 남자

아내의
이름이
우주였다

녹

세월이 흘러가며
힘들었던 시절이
흔적으로 남아 있다

굴렁쇠

꼬마 아이가
세월을 굴리며
달려간다

초록 향기

녹차 한잔
입술 적시니
초록 향기 입안 가득하다

역풍

난처하다
생각하지 않았는데
뜻밖의 일이 벌어졌다

그늘 1

살다가
간혹 잠시
쉬어 갈 수 있다

그늘 2

어둠이
무겁게
내려앉았다

갈등

받아들이지 못하고
못된 성질이 치열하게
부딪치고 있다

세상이 춥다

나 혼자
추위를 타는 걸까
세상이 춥다

나루터

배가 오가는 나루터에
사람들의
이야기가 있다

대숲

대나무들이 살고 있는
대숲에서
항상 대금 소리가 들린다

의혹

정확하지도 않은
정확한 대답도
모르는 불신이다

세상 걱정

있고 없는 푸념
늘어놓아도
세월은 잘 간다

가라

지난 세월 속으로
걱정 근심아 가라
가서 돌아오지 마라

불가능

해보지도 않고
끝내버리려고
하는 것은 아닐까

난생처음

신비하고
호기심
가득하게 만든다

유년

흘러간 세월 속에
남아 있는
어린 날의 추억

꼬리

감춰라
길면
잡힌다

안전벨트

안은 안전하고
밖은 왠지
불안하다

은둔

숨어 사는 것은
현실도피이거나
자신이 없는 것이다

장벽

담을 높이 쌓는
사람들은
욕심이 많다

암흑

어둠이
겹겹이 쌓이면
모든 길을 잃어버린다

덕장

명태들이 줄지어
바닷바람을
마음껏 즐기고 있다

불감증

아무 느낌이 없다
아무 생각이 없다
살아갈 이유가 없다

선

직선, 곡선, 포물선
어떻게 그려지느냐
결과가 달라진다

작별 인사

나 떠나요
다시는
못 만날 거예요

습관

똑같이 일정한
행동을 반복하며
지속적으로 한다

인기 1

한순간 다가왔다
환영처럼 사라지는
물거품이다

인기 2

물기둥처럼 치솟다
사라지면
고독만 남는다

환호

기분 좋은 일이
일어나면
환호를 지르고 싶다

순종

당신의 말이라면
말없이
따르겠어요

소낙비

오늘은 온 세상이
공중목욕탕
풀과 나무들이 시원하겠다

배역

어떤 배역으로
사느냐에 따라서
인생이 달라진다

허상

잘못 건드리면
와르르
한순간 무너진다

독설

입과 혀로 만든
최고로
독한 말들

밧줄

묶고 풀고
얽어매며
사는구나

불신

더 이상
아무것도
믿지 않는다

버팀목

아주 튼튼하게
믿음직하게
서 있구나

각설탕

입에 넣으면
달콤해지는 사랑
어디 없을까

안녕

행복하게 살기를
바라는
마음

애원

나를
받아줄 수
있겠니

촉각

무슨 일이 생길까
신경이 일어나
살피고 있다

결말

끝이 좋아야
모든 것이
다 좋다

너와 나

나와 나 사이에
간격보다
친밀감이 있다

솔직히

맑다
순수하다
정직하다

괜한 걱정

잠든 사이에
어떤 일이
벌어지는 것은 아닐까

단념

결코
두 번 다시
반복하지 않겠다

나

나는 나를
평생 동안
찾고 다녔다

문제

답을
부르고
있다

흉터

아프고
고통스런 날들이
남긴 발자국이다

잡념

온갖 생각이
한꺼번에 몰려들어
숲을 이루고 있다

애매모호

이것도
저것도 아니다
구별할 수가 없다

맹세

꼭 하겠다
결코 하지 않겠다
정반대의 다른 외침이다

불의

잘못되고
뒤틀어지고
어긋난 일

핏줄

가족이라는
말보다
더 끈끈하게 만든다

씨앗 1

씨앗 속에는 생명이 있고
사랑과 꿈과
초록 가득한 내일이 있다

씨앗 2

작은 씨 속에
큰 나무
한 그루 들어 있다

등불 1

밝을수록
어둠은
더 깊다

등불 2

어두운 밤 등불 하나
밝혀놓을 수 있다면
매우 희망적이다

심장

심장이 아직
쿵쿵 뛰는 것은
희망이 있는 것이다

풍경 소리

바람이
날라다 주는
정겨운 소리

세심

아주 작은 것도
꼼꼼하게
챙긴다

열애

몸과 영혼이
활활 타올라
뜨겁게 사랑하고 싶다

호박

햇살을 받아야
달덩이처럼
크게 큰다

잔디

누가 들판에
풀 이불을 곱게
깔아놓았을까

방패연

날개도 없이
하늘 높이 날으니
얼마나 좋으냐

복수초

복이 많아
가장 먼저 피어나
봄소식 전해준다

시집

시나무에
시가 주렁주렁
매달려 있다

지문

고생 고생하며
살았더니
지문마저 도망쳤다

연인

마음속
깊은
사랑에 빠졌다

일생

평생 동안
만들어가는
작품

다독

두드리면
두드릴수록
마음이 편해진다

금방

눈 깜짝할
사이에
일어나는 일

선별

분명하고
확실하게
구별하는 일

눈동자

그 사람의
삶의 모습이
그대로 나타난다

기막힌 세월

말로 설명하기에는
너무나 부족한
시련의 시간들

호두

까놓고 보면
두뇌같이 생긴 것이
참 고소하고 맛있다

선명

두 눈에 또렷하게
보이니
다른 말을 할 수 없다

자취

머물다
떠난
흔적들

혼미

정신이 아찔하니
세상마저
흔들리는구나

서성거리다

궁금하거나
망설일 때
걸음걸이

희미

또렷하지 않고
잘 보이지 않아
답답하다

흉년

추수할
곡식이 없으니
배고픔을 어찌하는가

실감

눈으로 마음으로
분명하게
느끼고 있다

운무

구름이 모여들어
춤추니
얼마나 아름다운가

동그라미

동그라미 그렸더니
그대 얼굴
그리고 싶다

몽땅

하나도
남김없이
전부 다

일치

하나가
되는
순간

현대 도시

시멘트로 만든
빌딩들의
정글

얼버무리다

제대로 하지 않고
얼렁뚱땅
마무리하고 있다

가쁜

몸과 마음이
가볍고
편하다

부산스레

정신없이
돌아가고
있다

신선놀음

하늘에 오른 듯
땅에 닿은 듯
신이 난다

봄나물

겨우내 기다리던
향긋한 맛으로
입맛 나게 한다

아찔

내일 우리는
이곳에
없을지도 모른다

휘파람

신나게 날마다
불 수 있도록
살았으면 좋겠다

질서

자연은
천년이 흘러도
제자리에 산다

연약

나약하고
힘이
없다

어느 가을날

고독하던 날
낙엽이 떨어져
갈색 커피가 되었다

현실

눈앞에
보이는 것만을
바라본다

동지

생각과 뜻이
하나 되었으니
앞으로 나가자

터전

사람들이
먹고 입고 자고
살아가야 할 땅

표현

점점 낮아져
겸손하게 진심을
표현하고 싶다

그리운 얼굴

이름 부르고 싶은데
목소리가 들리고
그리운 얼굴 떠오른다

포근

따뜻하고
편안한
그대 품이 그립다

탈옥

내 마음을 가두고
귀찮게 굴어도
나는 벗어났다

당도

그렇게도
원하더니
가 닿았구나

청산

귀찮게 하지 마라
버리고
잊은 듯 떠났다

음침

빛 하나 없이
어둠의 그림자만
가득하다

눈망울

그대 모습
가득히 보일 때
행복하다

천진함

욕심 없고
거짓 없는
순수한 모습

빨간 사과

왜 흥분하고 있니
얼굴이
붉어졌구나

사과

붉은 유혹에
한입 덥석 깨물었더니
하얀 속살만 보인다

가을 들녘

가을 들녘에
세상의 색깔이 다 모여
단풍이 들었다

빈집

모두 다
떠나버린
텅 빈 공간

내 마음의 샘

내 마음에
그리움 터지고
솟구치는 샘 하나 있다

한 그루 나무처럼

늘 푸른
한 그루 나무처럼
살고 싶다

기류

우리에게 언제나
사랑의 기류가
흘렀으면 좋겠다

여름비

소나기 시원스레
쏟아지고 지나가니
천지가 시원하다

역사

사람들이
살아가며 만든
이야기

선창

누군가
노래를 부르니
따라 부른다

반추

생각이
생각 속에
깊이 빠졌다

참뜻

진실하고
아주 좋은
생각이 만든다

속울음

가슴속에서
흐르는
눈물

결별

만나지 못하고
헤어지니
안타까움만 남는다

그대에게 가는 길

사랑이란 이름으로
그대에게 가는 길 있어
나는 행복하다

횡단보도

자동차 길 속에
사람이 잠시
건널 수 있는 생명 길

웃음꽃

행복한 날
사랑을 채운 얼굴에
웃음꽃 활짝 핀다

비밀의 문

너와 만날 수 있는
비밀 문 하나
있었으면 좋겠다

그대

그대와 함께 있으면
웃음이 터져도
눈물이 솟아나도 좋다

파도는

모래 위에 써놓은
사랑이란 말
파도가 지워버렸다

돌멩이

돌멩이가 되기 위해
얼마나
오랜 세월이 걸렸을까

사랑의 불길

멀리서 바라만 보아도
눈빛으로 느낀 사랑이 강렬해
불길로 타오른다

고속도로

태양이 떠오르고 질 때
고속도로를 달리며
풍경 속으로 빠져든다

신나는 일

시련과 고통에도
감사할 수 있다는 것은
참으로 신나는 일이다

유순

그저
순하디순하고
착하디착하다

산소

풍경이 아름답고
좋은 곳에 있어도
외롭기는 마찬가지다

결코

아직도 여기가
끝이 아니라는
말이다

차가운 바람 한 자락

차가운 바람 한 자락
왜 이렇게
심장이 저리도록 싸늘할까

196

풀고 살아야

묶인 것 얽힌 것
닫힌 것을 열고 살아야
홀가분하다

할 일

할 일이
있어야
행복한 거야

순정

풋풋하고 순수하고
아름답고
곱디고운 마음

딴판

실제와
전혀 다른
모습

만남 1

그대를 만나는 사람들이
모두 다
행복했으면 참 좋겠습니다

만남 2

나를 만나면
당신에게
좋은 일이 생길 것입니다

만남 3

만나면 좋고
함께 있으면 더 좋고
떠나면 그리운 사람이 되자

만남 4

꽃밭에서
피어나는 꽃
행복을 선물한다

말 1

내가 한 말이
돌고 돌아
나에게로 돌아온다

말 2

말은 성취력이 있어
나이 들수록
말한 대로 산다

말 3

할 말 다 하는 것보다
참고 있는 말이
대단하다

말 4

입에서 나오는
너의 말에 따라
인생이 달라진다

모닥불 1

한밤중에 둘러앉아
정겹게 대화할 수 있다면
얼마나 좋은 날이냐

모닥불 2

누구나 서로 만나
사랑의 이야기를
나누고 싶은 곳이다

모래알 1

하나 된 듯 보이지만
뿔뿔이
흩어져 떠난다

모래알 2

뭉칠 수 없어도
하나가 되면
해변을 만든다

목련 1

봄날
가려움증 탔다
웃음보 터졌다

목련 2

세상에 둘도 없는 듯
아름답게 피어나더니
처참히 짓밟힌다

목련 3

너를 사랑하기엔
내 가슴이
너무 벅차다

목련 4

화들짝 놀라
꽃봉오리를 펼쳤더니
봄이다

무지개 1

일곱 색깔이 만든
지상 색 중에
최고의 아름다움

무지개 2

비 그치고
무지개 서면
환호성을 지른다

무한 1

끝이 어디일까
뛰어가서
한번 만나고 싶다

무한 2

한도 끝도
없이
펼쳐지고 있다

물 1

스며들고 싶다
흘러내리고 싶다
쏟아져 내리고 싶다

물 2

아래로 흘러가면
시냇물 되고 강 되고
넓은 바다가 된다

물구나무 1

지구를 들어보았다
당신도 들어보라
너무 가볍다

물구나무 2

힘들고 어려운 세상
거꾸로 보아도
달라질 것 없다

미로 1

출구가 보이지 않고
갈팡질팡 헤매며
찾을 수 없는 길

미로 2

아무도
모르는 곳으로
여행을 떠나고 싶다

미명 1

해 뜨기 전
아직
어둡다

미명 2

해 뜨기 전
어둠 속에선
무슨 일이 일어날까

미소 1

인간이 만들 수 있는
가장 따뜻하고
행복한 모습이다

미소 2

마음 가득한 기쁨에
웃는 행복한 얼굴은
바라보기도 참 좋다

미소 3

입가에
잔잔한 웃음이
흐른다

미소 4

웃는 얼굴
표정이
행복을 선물한다

민들레 1

민들레가 바람났다
내년 봄까지
돌아오지 않을 것이다

민들레 2

그리운 얼굴
꿈길에서 만난 듯
곱고 해맑게 웃는다

바다 1

파도는
자꾸 밀려와
그리움을 만들어놓는다

바다 2

먼 바다는 그리움
가까운 바다는 고독
내 마음의 사랑이다

바람 1

떠나는 바람이
아련한 그리움 하나
남겨놓고 떠났다

바람 2

바람의 이름은
들어보았으나
얼굴을 본 적은 없다

바람 3

눈에 보일 것 같은데
잡으려면
손가락 사이로 달아난다

바람 4

잡을 수도
기다릴 수도 없어
쏜살같이 떠난다

바위 1

천년 세월 스며도
세찬 비바람 흔들어도
변함없이 굳센 마음

바위 2

입 다물고
꼼짝달싹하기 싫어
바위가 되다

밤 1

또 시작인가
왜 기다려야 하나
외롭게 갇혀 있는 밤

밤 2

어둠을 밝히려고
자동차가 눈 부릅뜨고
하늘의 별도 반짝거린다

밤바다 1

검은 파도 몰려올 때마다
어둠 한 움큼씩 물고 가더니
새벽이 왔다

밤바다 2

두려운 어둠 속
파도치는 걸
왜 보고 싶어 할까

백합 1

백색의 황홀함
햇살 가득한 매혹에
가슴이 아리다

백합 2

하얀 색깔의 아름다움
그윽한 향기를
선물하고 있다

별 1

그리움이
가득해 반짝이는
눈물방울이 되었다

별 2

별들이 밤마다
반딧불 축제를
벌이고 있다

별 3

누구를 찾고 싶어
수많은 눈물방울들이
밤새도록 반짝이는 걸까

별 4

수많은 그리움이
떠올라
빛을 내고 있다

봄 들판 1

초록 향기가
물씬 풍기는 초록 들판에
나를 맡기고 싶다

봄 들판 2

누군가 만나고 싶어
마구 달려가면
꿈에 그리던 것 있을까

봄길 1

이 길 따라
끝없이 가면
누가 있을까

봄길 2

님이 오시려나
꽃이 피는 걸 보면
오시는가 보다

봄꽃 1

이토록 속절없이
지고 말 것을
찬란하게 꽃 피웠느냐

봄꽃 2

일시에 산과 들에
다 같이 피어나니
숨 가쁘지 않으냐

봄날 1

후드득 떨어지는
빗방울 맞을 때마다
봄 오는 발걸음 빨라졌다

봄날 2

가로등
불빛도
꽃으로 피어났다

봄비 1

촉촉이 내리면
보고픈 이 떠오르는데
가고픈 길 참 멀다

봄비 2

비가 내릴 때마다
산과 들에
초록 아우성이 커진다

봄 1

들판에 파릇파릇
새순 돋아
봄노래 합창한다

봄 2

겨울잠 막 깨더니
깜짝 놀라
빈 가지마다 꽃 피웠다

부부 1

당신과 나는
참 오래된
연인이오

부부 2

서두르지 말아요
나란히 걸어요
결국엔 혼자 남아요

비극 1

이 슬픔을
당신은 어떻게
감당하시렵니까

비극 2

슬픈 눈물과
절망을 전개해놓은
이야기

비 1

비가 내리면
풀잎과 나무들이
촉촉하게 받아들인다

비 2

비가 내리자
젖었던 하늘이 마르고
말랐던 땅이 폭 젖었다

사랑은 1

출렁거리고
거세게 몰아치다가
헤어 나오지 못한다

사랑은 2

내 가슴에 파도치고
바람 불게 하는 이는
바로 그대

사랑 1

보고 싶어
무척 고독한 걸 보면
널 사랑했구나

사랑 2

조금은 부족한 듯
끝없이 만족한 듯
이루어가며 산다

사랑 3

수많은 사람 중에
당신을 사랑한 것이
얼마나 놀라운 일입니까

사랑 4

서로의 끝을
하나로 묶으면
사랑이 된다

사이 1

하나하나
둘 사이에
꼭 있어야 할 공간

사이 2

너와 내가
사이가 좋으면
모든 것이 좋아진다

산길 1

산길을 오르다 보면
웃으며 반기는
꽃 한 송이 용기를 준다

산길 2

나무와 풀들이
오가는 걸
본 적 없다

산 1

아무리 불러도
꼼짝도 않고
누굴 기다릴까

산 2

산과 산에 몰려와
아름다운 병풍 쳐놓았다
누가 그려놓았을까

새벽 1

부지런한 사람들이
하루를 시작하는
시간이다

새벽 2

어둠이 사라지고
새로운 날이
시작된다

생각 1

머릿속에서
쏟아내는
수많은 발상

생각 2

머릿속에
잘도 찾아오고
잘도 사라진다

석양 1

태양도 잠 청하려고
여장 꾸리고 떠나는
피곤한 시간이다

석양 2

붉은 노을이
만들어놓은
아름다운 풍경

선택 1

무엇을 어떻게
하느냐에 따라
달라진다

선택 2

필요한 것을
뽑아내어
쓰는 것

성실 1

꾸준히
변함없이
최선을 다한다

성실 2

정한 일을
마음을 다해
이루어놓는 것

세월 1

손잡을 수 없고
마음에 담아둘 수 없게
흘러가는 시간들

세월 2

떠나가는 걸
꼭 붙잡지 못했더니
잔설에 주름 잡혔다

세월 3

힘들어도 추억이고
행복하게 살아온
세월은 더 좋더라

세월 4

세월이 흘러갈수록
표정을 만들고
일생을 만들어놓는다

소나기 1

한바탕 쏟아져 내려
내 갈 길 적셔놓고
구름 따라 가버렸다

소나기 2

먹구름이 몰려오더니
눈물 한바탕 슬픔 한 줄기
떠들썩하게 쏟았다

소나기 3

하늘이 한바탕
쏟아주시는
시원한 여름 선물

소나기 4

한바탕
쏟아지고 나니
하늘이 맑고 시원하다

소나무 1

사철 푸르게
우뚝 서 있는 모습
보고 있어도 든든하다

소나무 2

청년 기백처럼
늘 푸르른
소나무

소원 1

애타게
간절히 원하면
안 될 일도 이루어진다

소원 2

꼭 이루어지길
바라고
원하는 것

소유 1

너는
내 것이
되었다

소유 2

이 세상 살면서
잠깐
갖고 있는 것

수련 1

물 위에 떠서
꽃 피고 자랄 수 있다니
참 묘하다

수련 2

연약해 보이는데
어찌 물을 뚫고 나와
수면 위에 꽃이 피는가

수월 1

전혀 막힘없이
쭉쭉
잘도 나간다

수월 2

하기가
아주 간편하고
쉬워졌다

수평선 1

누가 바다 끝에
저렇게 아름다운
금 하나 그어놓았을까

수평선 2

바다가 만들어놓은
하나로 이어진
일직선이다

숲 1

바람도 불지 않는 날
나무도 조용해
아무 소리 들리지 않았다

숲 2

초록이 살아 있고
햇볕이 만든
나무 이야기가 있다

숲 3

벌레들의
울음
자연의 노래

숲 4

나무들이
옹기종기 모여들어
이야기를 나눈다

시작 1

처음이
얼마나 좋은가
시작할 수 있으니까

시작 2

시작이 없다면
아무것도 할 수 없는
소중한 출발의 시간이다

신발 1

너의 신발을
한번 살펴보라
신발 모양이 삶의 모습이다

신발 2

현관 신발 살펴보면
집안 식구들 성격
알 수 있다

야생화 1

산에 오르다
눈빛 마주친 야생화
첫인상이 참 예쁘다

야생화 2

산길 걷노라면
아리게 피어난
야생화 눈길 훔친다

야생화 3

작은 꽃 어찌 이리
예쁘게 피어날까
맑은 영혼 가졌나 보다

야생화 4

산과 들이
꽃 피어 보내주는
예쁜 사랑의 편지다

안도 1

겨우 편안하게
숨 쉴 수 있는
시간이 찾아왔다

안도 2

그래 이젠
괜찮을 거야
너무 걱정하지 마

어렴풋이 1

아주
희미하게
떠오르고 있다

어렴풋이 2

안개 속에서
너를 만나
기억이 희미하다

억새풀 1

바람 불 때마다
몸 비비며 흔들리는 건
그리워하는 것이다

억새풀 2

바람이 세게 불어도
흔들리다
다시 일어난다

여유 1

왠지 넉넉해 보이고
편안하게
느껴지는 마음

여유 2

한 걸음 떨어져서
바라보면
마음이 더 넓어진다

내 사랑 오는 길

어디쯤일까
내 사랑 오는 길
마중 나가야겠다

뭉게구름

두둥실 떠 있는
뭉게구름 솜사탕 같아
떼어 먹으면 달콤하다

연가 1

사랑하고 싶다면
사랑 노래를
마음껏 불러라

연가 2

그리움 덧칠해도
눈물 핑 돌아
가슴 먹먹해보고 싶다

연꽃 1

물 위에 그리움
하나씩 하나씩
떠올라 꽃으로 피어난다

연꽃 2

그리운 얼굴
사랑의 세월 속에
꽃 피어나는 정결한 여인

연꽃 3

문득 떠오르는
얼굴
다가오는 그리움

아지랑이

봄날 아찔하다
꽃향기에 취해서
어지럽다

어둠

걱정 마라
어둠 끝에
빛이 있다

여운

떠난 뒤에도
찾아오는
그리움

연민 1

안타까운 눈으로
보면 볼수록
까맣게 속 타는 마음

연민 2

마음속으로
그리워하며
살고 있다

소망

간절히
이루어지기를
바라는 마음

순결

순수하고
고결하고
아름다운 마음

쉼표

늘 쉼표 같은
편안함이 있는 삶
살고 싶다

슬픔

구름 한 점 없이
맑고 환한데 마음속에
장대비가 쏟아진다

연정 1

네가 내 마음에
던져놓은
불꽃같은 사랑

연정 2

애끓게 간절하게
사랑하는
마음

열심 1

최선을 다하는
내 삶의
가장 강한 무기다

열심 2

있는 힘을 다해
최선을
다하고 있다

염원 1

꼭 되기를
바라는 마음이
간절하다

염원 2

뜻하는 것이
이루어지길
바라는 마음

영혼 1

내가 사는 동안
나를 만들어주는
고귀한 생명

영혼 2

영혼의 틈새로
하늘 사랑이 젖어들어
행복하다

예감 1

감촉이 살아 있어
무슨 일이 터질 것을
미리 알 것 같다

예감 2

번뜩
스치는
안 좋은 일

연 1

바람 불면 하늘 높이
날아오르는 걸 보면
사랑에 폭 빠졌다

연 2

줄 하나에
목숨 걸고
허공을 잘도 난다

오늘

오늘이 있다는 것은
감동의 눈물을 흘리며
희망 속에 사는 거야

오지

삶 속에서
내 마음이
가장 오지였다

오해

뭔가
잘못
생각하고 있다

완벽

분명하고
확실하고
빈틈이 없는 것

외딴집 1

날 찾아오지 않으면
내 마음은 세상 속
외딴집이다

외딴집 2

바라보면
볼수록
외롭다

외로운 날 1

그리운 이름
부르고 싶다
보고픈 이 만나고 싶다

외로운 날 2

마음 중심에
고독의 키가
자꾸만 자라고 있다

외로움 1

혼자는 고독한 죽음이다
한 그루의 나무를
아무도 숲이라 하지 않는다

외로움 2

구름 한 조각
떠나가고 마음에
빈 공간 하나 생겼다

외로움 3

왠지 슬퍼
혼자 덩그러니
남았다

외로움 4

혼자 걸어가는 길
따라오는 건
그림자뿐이다

우물 1

가슴 크기만큼
푸른 하늘을
담아놓고 산다

우물 2

어렸을 때
퍼내고 퍼내도
마르지 않아 신기했다

울창

나무들이
빽빽하게
들어섰다

위험

내 심장이
주인을
잃어버렸다

유일 1

오직 하나
이 얼마나
소중한 것이냐

유일 2

단 하나
다른 것은
전혀 없다

윤곽 1

분명하지 않은
뿌연 안개 속을
거닐고 있다

윤곽 2

본색이
드러나기
시작했다

응어리 1

확 풀어내지
못한
마음의 힘줄

응어리 2

얼마나 고달프고
힘들면
가슴에 맺히겠느냐

은행나무

부자다
가을마다 열매가
알차게 열린다

의심

계속해서
물음표가
떠오르고 있다

이별 1

사랑했는데
왜 그렇게
속절없이 떠났는가

이별 2

네가 떠난 후
찾아온
긴 아픔의 시작

무진장

끝이
어딘지
모르겠다

가을 감나무

가지 끝 감 하나
정신 몽롱하게
매달려 있다

인사 1

손 흔들어주고
활짝 웃음 띠우면
반가움이 가득하다

인사 2

인사만 잘해도
사람과 사람 사이에
길이 열린다

인생 1

길 찾고
따라나서는
단 한 번뿐인 여행

인생 2

딱 한 번 사는데
후회 없는
오늘을 살자

일상 1

특별한 날보다
평범한 날이 많아야
행복한 거다

일상 2

아주 평범한
날들이 만들어가는
이야기

자유

비상하라
내일을 향하여
꿈을 갖고 비상하라

작별

이별의
손을
흔들고 있다

잠깐 1

이 짧은 순간이
운명을
바꾸어놓는다

잠깐 2

잠깐 실수
잠깐 생각에
삶이 달라진다

잠자리

잠자러 온 줄 알았더니
하늘을 비행하고 싶어
날개 달고 왔구나

잠적

찾을 수 없도록
어디론가
사라졌다

잠 1

그대 같이
잠들면
행복한 꿈 꿀 수 있다

잠 2

긴 밤을
잠이 덮어도
너를 잊을 수 없다

잠 3

하루 중에
가장 편안한
휴식 시간

장마

인정사정없이 퍼부어
마음마저
물에 잠겨버렸다

잡초 1

이름은 없어도
생명은
줄기차게 살아난다

잡초 2

아무 쓸모
없는 것 같지만
자연을 지키고 있다

저녁노을

불타오르는 가슴을 안고
살아갈 수 없으니
날마다 지고 마는구나

전개

끝없이
펼쳐
나가고 있다

적막 1

너무 고요한데
그 속에서
모든 일이 시작된다

적막 2

고요해
궁금해
무슨 일이 생기지 않을까

절망

끝없는
어둠 속으로
떨어지고 있다

절박

희망을 감금시켜
마음이 점점
간절해졌다

절벽

깎아지른 곳에
뚝심 있는 소나무
한 그루 서 있다

정직

옳고 바르게
살아가니
부끄럼이 없이 떳떳하다

정 1

오래 묵을수록
깊어갈수록
더 좋다

정 2

삭막한 세상에
정마저 없으면
어찌 사는가

조개

입을 꼭 닫고
바다 이야기를
들려주지 않는다

조바심

어떻게 살까
안달 떨며
마음을 바짝 태운다

조국 1

영원히 잊지 않도록
가슴에 새겨놓은
내 나라 내 민족

조국 2

내가 사랑하는
가슴 뭉클한
내 나라

종이학

날개가 있어도
날지 못하니
얼마나 답답할까

종점

더 이상 가지 않는다
누구나
내려야 한다

주막

떠도는 나그네가
술 한잔하기에
딱 좋구나

죽음

다시는 볼 수도
만날 수도 없는
안타까운 사람

즐거운 상상 1

분수가 솟아올라
행운을 부르면
감동이 일어난다

즐거운 상상 2

씨앗에서 나온
새싹이 자라면
거목이 될 수 있다

증발 1

티끌 하나
찾을 수 없게
사라져버렸다

증발 2

어디론가
날아가
버렸다

지우개 1

지워버리고 싶은 것
기억하기 싫은 것
지워야 새로운 것 찾는다

지우개 2

지우개 있다면
간혹 지우고
다시 살고 싶다

지평선 1

가도 가도
끝없이 이어지는
들길

지평선 2

땅끝 지평선에서는
사람들 이야기도
막 내린다

지천 1

하늘과 땅이
함께 어우러진
끝없이 넓은 세상

지천 2

하늘과
땅
어디든지

진달래 1

그리움 붉게
물들여 놓아
온 산 붉게 피어난다

진달래 2

봄소식에 놀라
화들짝 피어나더니
수줍어 볼 빨갛다

진실 1

모든 것을
통하게 만드는
순수한 마음

진실 2

거짓이
하나 없는
순수함

질문 1

너는 누구냐
또
나는 누구냐

질문 2

세상을 향하여
묻고 싶은 게
너무나 많다

짐짓 1

내가 사랑하고
있던 바로
그대로

짐짓 2

그래
그럴 거야
그럼 그렇지

짐 1

무겁게 짓누르면
힘들지만
벗어나면 가볍다

짐 2

가지고 가자니
힘이 들고
버리려니 아깝다

집요

미치도록 달려들어
걷잡을 수 없도록 치밀해
어찌할 수 없다

징조

예사롭지
않은 일이
곧 터질 것 같다

집

평안한 곳
삶이 시작되고
사랑과 쉼이 있는 곳

참기름

코끝에서 혀끝으로
퍼져가는 고소함
밥 쓱쓱 비벼 먹고 싶다

참새 1

햇살 좋은 날
창가에 앉아 수다 떠는
참새 보는 것도 행복이다

참새 2

넓은 하늘에
점 하나 찍듯
날아가고 있다

참회

잘못을
처절히
후회하고 있다

창백

놀라서
얼굴이
하얗게 질렸다

창문 1

창문을 열면 좋은 일이
찾아올 것 같아
자꾸만 열고 싶다

창문 2

그리워질 때 열리고
잊어버리고 싶을 때
닫힌다

철길 1

철길 달려가면
왠지 반가운 소식
날 기다릴 것 같다

철길 2

서로 같이
사이좋게
동행하는 친구

철새 1

기막히게 좋은 일 생겼나 보다
새 떼가
군무를 추며 날아간다

철새 2

그리움 털어내고 날아도
철 따라 찾아오니
철새라 부른다

첫눈 1

첫눈이 내리면
새로운
이야기를 만들고 싶다

첫눈 2

반갑게
내리면
사랑하고 싶다

첫사랑 1

보고 싶다
둘이 만나고 싶다
함께 있고 싶다

첫사랑 2

내 마음에
사랑의 씨앗이
처음 꽃피기 시작했다

청명 1

푸른 하늘 아래서
너를 만나
사랑하고 싶다

청명 2

하늘이
푸르고
맑다

청춘 1

젊은 날들의
삶의
기록

청춘 2

몸과 마음이
한없이
푸르고 푸른 시절

체념 1

좀처럼
좋아질
기색이 없다

체념 2

다 끝났다
어찌
할 수가 없다

초승달 1

달 중에서
가장 외롭고
쓸쓸하게 보인다

초승달 2

보름달 누가
남모르게 크게 한입
깨물어 먹었나 보다

초승달 3

밤하늘에
그네로 매달아놓고
누워 있으면 좋겠다

최후

여기가
끝인가
마지막인가

초원 1

초록빛
하나만으로
가장 아름다운 곳

초원 2

풀과 나무들의
이야기가
한없이 펼쳐지는 곳

촛불 1

혼자서 타오르며
밝혀놓는 어둠
외로움 불태우고 있다

촛불 2

끝까지 타올라
어둠을
밝혀놓겠다

추억 1

한 장 그림으로
만나던 그날
보일 듯 말 듯 남아 있다

추억 2

추억이란 정류장에
만남이란 버스 도착하면
사랑을 시작할까

추억 3

지나간 세월이
남겨놓은
아름다운 흔적들

추운 날

몹시 추운 날도
사랑하는 이 만나면
온 세상이 따뜻했다

춘곤증 1

봄 햇살에
졸음 몰려와
꿈길 따라 걸어간다

춘곤증 2

봄 햇살 받으며
담장 아래서
꾸벅꾸벅 졸았다

충만 1

가득히 넘치도록
꽉 차오르는
기쁨

충만 2

원하던 것이
가득히 채워져
마냥 행복하다

268

친절 1

눈빛을 따뜻하게
마음을 겸손하게
행복한 웃음을 선물한다

친절 2

세상을
아름답게
만드는 일

칡넝쿨

한없이 엉키듯
사로잡아도
좋다

코스모스

가을을
알려주고
떠났다

침묵 1

가장
큰 울림이 들리는
시간이다

침묵 2

고요 속에
말이 들어갈
틈이 없다

태풍 1

거센 바람이
성이 나 몰아치는데
비바람도 몰아친다

태풍 2

거세고 모진 바람도
연약한
풀이 잘 견딘다

투명 1

있는 듯
없는 듯
아무것도 없다

투명 2

깨끗하고 거칠 것
하나 없이
맑고 밝다

파도

쉴 새 없이 밀려왔는데
어디 갔을까
해변가에 숨었을까

파문

호수의 고요를
잠시
흔들어놓는다

편지 1

왜 기다려질까
빨간 우체통 떠오르면
우편배달부 기다려진다

편지 2

당신만
읽어보라고
봉함해서 보낸다

평화

원하는 것을
할 수 있는
편안함

포기

실패하는 것보다
더 절망적인
마음

포도

한 가족이
한 둥지 사랑으로
잘 뭉쳐 사는구나

폭포

비명 지르며
절벽 아래로
눈물 펑펑 쏟아낸다

폭설 1

폭설이 내리자
나무들의 어깨가
무거워졌다

폭설 2

한겨울 추위에
두툼한 눈 이불을
선물해주었다

표정 1

얼굴 표정이
살아야
인생이 산다

표정 2

너의 얼굴에
희로애락이
잘 나타나고 있다

풀

틈새만 있으면
어디든지
돋아나는구나

풍문

소문은
역시
소문으로 끝났다

풀잎 1

풀잎은
이슬 한 모금
햇살 한 줌에도 행복하다

풀잎 2

초록 빛깔의 시작
생명의 색깔
초록을 만든다

풍경 1

가까울수록
아름다운 곳도 있고
멀어질수록 아름다운 곳도 있다

풍경 2

아름답게 펼쳐진 것을
바라볼수록
행복하다

피곤

삶의 무게 감당 못 해
지쳐버린
몸과 마음

핑계

갖가지
이유로
변명하고 있다

하늘 1

하늘이 파랗다
어제 내린 비가
맑게 닦아놓았다

하늘 2

심심한지
구름이 찾아와
꽃으로 피었다

하나

얼마나 소중한가
모든 것의
시작이다

하염없이

웬만해선
끝나지
않을 것 같다

하필

왜
나냐고
질문하고 싶다

한겨울

내 마음도
꽁꽁
얼었다

학 1

뭘 보고 싶어서
자꾸만
다리가 길어졌니

학 2

기나긴 다리로
너무
위태롭게 서 있구나

한밤중 1

캄캄한 밤
내 마음이 행복하니
하늘의 별도 다정하다

한밤중 2

같은 하늘 아래 살고 있는
친구야 달 보고 있냐
만나고 싶다

한

못 이룬 것
이루고 싶은
간절한 마음

함박눈

하늘에서 보내준 기쁨이
눈이 되어
펑펑 내린다

함성

같은 요구를
한마음으로 원하며
외치는 목소리

해독

궁금한 것은
풀어내야
한다

해변

성난 파도가 만든
해변이
더 아름답다

해후

또다시
너를 만나면
사랑하고 싶다

햇살 좋은 봄날

민들레를
바라보고 있으면
웃음꽃 활짝 핀다

항아리

무엇이
그리 담고 싶어
입만 커졌냐

280

햇살 1

햇살 아래도
벽 쌓아놓으면
그늘 생긴다

햇살 2

땅을 만져주니
새싹이
돋아난다

행운 1

나를 찾아와서
절대로
떠나지 마라

행운 2

행운은 원하는
사람들에게 찾아온다
행운아 오라고 외쳐라

행복 1

나 때문에
행복한 사람 있다면
충분히 살아갈 이유가 있다

행복 2

먼발치에서
좋아하던 사람
가까이 다가오면 좋다

행복 3

행복은
찾아오는 것이 아니라
만들어내는 거야

행복 4

사람은
누구나 행복해야 할
이유가 분명하다

허겁지겁

정신 못 차릴 정도로
바쁘게
서두르고 있다

허공

내 삶 속에
텅 비어 있는
공간

허기

그립고
배고프고
허전하다

허무

깊은 밤
아무것도 하지 못하고
멀뚱하게 앉아 있다

허락 1

지금부터
원하는 것을
해도 좋다

허락 2

나
사랑해도
좋아요

허물 1

흠집 약점
틈이 없는
사람이 있나

허물 2

완벽한 중에
가장 나약하고
빈틈이 보이는 곳이다

허사 1

모든 것이
한순간
물거품이 되었다

허사 2

아무것도
이루어지지
않았다

허수아비

싱겁게 매달려
들판 지키고 있는 모습
허전하다

허전

마음
한구석이
텅 비었다

허탈 1

내 것인 양
손에 꽉 잡았던 것
한순간 놓쳐버렸다

허탈 2

허무하게
한순간에 뭉개지고
바스러지는 마음

헛것

상상으로
생각해
보이는 것

현기증

뭔가 아득하고
붙잡을 수 없도록
정신이 사라졌다

호박꽃 1

모든 것을 받아줄 듯
포근한 마음으로
큰 웃음을 웃고 있다

호박꽃 2

꽃보다
덩그런
호박이 예쁘다

호사

잘 먹고 잘 웃고
잘 자니
부러울 것 없다

혼돈

갈팡질팡
어디로 가야 할지
도무지 모르겠다

호수 1

너만큼 잔잔하면
너만큼 하늘 받아들이면
얼마나 행복할까

호수 2

아름다운 호수에 가면
왠지 사랑이
이루어질 것만 같다

호수 3

하늘이 푸를수록
닮아서
더 푸르다

혼자

혼자라는 말
외롭고
쓸쓸하다

혼자 남던 날

텅 빈 것 같아
쓸쓸하고 외로워
정이 그립다

화살

깊숙이 꽂히고 싶은
욕망을 갖고
태어나 꽂히기 원한다

홍수 1

다 떠내려갔다
남은 것은
상처투성이 슬픔뿐이다

홍수 2

성난 물이
온 세상을
덮어나가고 있다

환생

새로 다시
태어나면
무엇을 할까

환청

거리 걷다 부르는 소리에
사방 둘러보아도
그대는 보이지 않는다

황당

불쑥 다가온
불행
어찌 감당하나

황소

큰 눈으로 본
고약한 세상
슬퍼 울음 운다

황톳길 1

걷고
걷다 보면
고향 집 보일 것 같다

황톳길 2

이 길을 걸어가면
정겨운 주막
만날 것 같다

황혼 1

쏜살같은 세월
남은 인생
너무 짧다

황혼 2

너무 많이
걸어왔다
갈 길이 짧다

희망 1

희망을 놓지 마라
마음속에서
태양이 불끈 솟는다

희망 2

초록 새싹에는
커다란 나무
한 그루 들어 있다

희망 3

어제보다
오늘이
더 좋아질 것이다

희망 4

천 길 벼랑에도
풀꽃이
피어난다

희망 5

희망 심으면 기쁨이
절망 심으면
불행이 찾아온다

희망 6

희망을 갖고 사는 것은
활력 넘치게
내일을 바라보는 것이다

휴식

열심히 일한 사람이
누릴 수 있는
행복한 시간이다

흐린 날

하늘마저 찌푸린 날
내 마음도
우중충 구겨졌다

삶 1

모두 다 떠나고 혼자 남았다
모두 다 남고 혼자 떠났다
언제나 혼자였다

삶 2

길이다
선택에 따라
전혀 달라진다

삶 3

내 삶이
노래라면
내 마음은 악보다

삶 4

아주 작은 일에도
소중함을 안다는 것은
의미 있다

삶 5

삶의 시간을 마음껏
풀어내려
열심히 쓰며 살자

삶 6

똑똑히 알고 있어요
우리의 삶이
단 한 번뿐이라는 것을

삶 7

물음표 느낌표
마침표를 짤 찍어야
행복한 삶이다

삶 8

사람마다
자기의 독특한
무늬를 만들며 산다

예언

앞으로
일어날 일을
미리 말해주고 있다

복

받고 싶다면
자꾸만
불러들여라

충실

언제나
최선을 다하는
성실한 마음

추월

선을
넘어
지나가 버렸다

솔선수범

늘 일찍이
앞서
나가고 있다

겸손

낮아지고
더 낮아지는
마음

충고

잘못과 실수를
깨닫게 해주는
쓰디쓴 말

열병

네가 죽도록
보고 싶어서
가슴이 불타올랐다

저녁 강가에서

해 지는 저녁
강가의 친구는
노을이었다

끝나지 않은

아직도
할 수 있는 것은
희망이다

사막

늘
목마른
땅

촉

느낌이
점점
다가온다

연애

서로를 알아가며
추억과 시간을
쌓아간다

썰물

떠날 것을
알면서도
찾아왔다

순천만

갈대숲에서
수많은 사랑이
익어가고 있다

한밤중에 내린 눈

왜 눈이 내렸을까
사랑하는 이 오시는 길
발자국 남겨놓았다

여행 1

여행 떠나라
행복한 순간이
아롱아롱 찾아든다

여행 2

새롭게 만나고
새로운 곳에서
활기를 얻는다

여행 3

내가 사는 동안
아름답게 남겨도 좋을
행복한 추억이다

십이월

달력 한 장 남았다고
속상해 마요
새 달력 걸어놓을 테니까

간단명료

군더더기
하나 없이
딱 한마디

광야

끝나지 않을 것
같은
허허로운 들판

폭풍

모든 것이
끝나는 줄 알았지
잔잔해질 줄 몰랐다

아버지

늘 마음에
버팀목이
되어주시는 분

옹달샘

갈한 목 축이는
한 모금이
강물의 시작이다

사랑의 지붕

너와 나의
행복을 위해
사랑의 지붕을 만든다

끝장

심술궂게
너무 일찍
찾아오지 마라

쓸쓸한 날

어디로 갈까
서성거려도
갈 곳이 없다

302

나중에 보면

자지러지게
좋고 달콤한 것보다
쓰고 힘든 것이 좋았다

동짓날

어둡고 긴 밤
팥죽 먹는 이유는
심심했던 거야

밤잠

마음이 흐르는
곳으로
떠돌아 다녔다

젊음

인생의 황금기
절정의 시간
열정의 도가니다

열정

열심히 살면서
당당하게
멋지게 살자

만개

꽃이
한꺼번에
피어난다

그대 소식

눈이 내렸습니다
그대 소식 궁금해
더 기다려집니다

그래그래

이 말 한마디면
모든 것이
이해될 것 같다

가을바람

마지막 남은
단풍 떨어질 때까지
세차게 불었다

봄 바다

바다 가득히
꿈이 파도친다
꿈결이 몰아친다

거짓말쟁이

정직과 진실이
그림자도
찾지 못한다

발자취

누구나
살아오면서
걸어온 길

달빛

달이 어둠에
질렸나
얼굴빛이 하얗다

무상

아무
생각도
없다

기쁨

열심히 살면
행복한 웃음이
찾아온다

조우

너와 내가
우연히 만나면
얼마나 좋을까

행복할 때

만나는 사람들이
정겨울 때
기분이 좋다

사랑시

사랑시 쓰려고
글자 모았더니
활활 타올랐다

같이 있으면

같이 있으면
한 잔 커피로
사랑 나눌 수 있다

우리 집

가족의 행복한 쉼터
늘 함께하고 싶은
기쁜 안식처

꽃 피는 계절

모든 나무들이
눈을 뜨기 시작했다
봄이다

우리 사이

언제나
가까이할 수 있는
우리는 동행한다

봄이 오면

누군가 부르고 싶다
마구 달려가고 싶다
나를 오라 부른다

동참

나도
기꺼이
함께할 수 있다

아슬아슬

온몸이
짜릿한
위태로움

짬

잠시
잠깐의
시간

짝사랑

너도 모르게
나 혼자만
가슴이 불타올랐다

때깔

모양이
아름답고
색깔이 좋다

이슬 1

자연이
흘리는
아침 눈물

이슬 2

내린 곳에
닿은 곳에
생명이 살아난다

이슬 3

자연이 만들어놓은
물방울
보석이다

후회

그때 참았으면
아무 일 없었을 텐데
왜 그랬을까

한밤 가로등

너무 졸리고 피곤해
힘들어 지쳐 있다
누가 나 좀 켜주오

사람아

그리운 사람아
보고픈 사람아
정다운 사람아

고독한 밤

오랫동안
혼자 남아 있는
밤

새벽 바다

어부들이 고기잡이
떠나는 새벽 바다
어부의 선물이다

다리

이곳에서 저곳으로
갈 수 있는
유일한 길

호롱불

불 밝혀놓았으니
어두운 밤이라도
찾아오세요

종적

어디로 갔을까
어디에 있을까
찾을 수 없다

강변 마을

늘 강물 흐르는 것
보고 사니
흘러가고 싶지 않을까

돛

돛을 달면
배가 어디든지
데려다 줄까

어무이

늘 날 걱정해주시던
어무이
안 계시니 허전하다

아름다운 장미

사랑하는 이에게
장미꽃 선물했을 때
웃으면 기분 좋다

한마음

큰 나무는 수많은
가지를 가졌지만
꽃 피고 열매 맺는 한마음이다

아가야

보고 또 보고 싶은
천진난만한
아가야

전망대

앞을 바라볼 수
있으니
속이 후련하다

양수리

흘러가는
정겨운 물길과
주변 산들이 생각난다

노트

시도 때도 없이
생각하는
시를 적어놓고 싶다

적

사람을
적으로 만들기보다
친구로 만들어야 한다

시절

한 세대 한 세대
흘려 떠나보낸
세월이다

희극

웃음과 희망 속에
따뜻한 삶의
이야기

오늘부터

오늘부터
너를 미움에서
사랑으로 전환한다

산책 1

숲을 거닐며
나무들의 이야기를
고요히 듣는다

산책 2

천천히 걸으며
깊은 생각에
빠졌다

갯바람

바다의 느낌
바다의 맛을
코끝에 느낀다

길

똑같은 길 걸어도
어떤 날은 지루하고
그날 마음 따라 다르다

엉망진창

수렁 속에서
어찌할 수 없는
지경까지 되고 말았다

새순

생명의 소중함을
볼수록
기운이 돋는다

잊힌다는 것은

쓸쓸히 무대 밖으로
사라지면
부르지 않는다

야생

자연 그대로
있는 그대로
살고 있는 모습

남프랑스

남프랑스 들판 달리며
차창 열어놓았더니
해바라기 웃음소리 들려왔다

물감

세상의 모든 것을
그림으로
그려내고 있다

기척

놀라 깨어났을 때
그대가 옆에 있다면
행복하다

중심

가장 중요한
한복판에
자리 잡고 있다

화석

옛날 그때 그대로
간직하고
잠자는 돌

충동

무슨 일인가를
해야 한다는 생각이
불같이 일어나고 있다

서성이다

들어갈 수 없고
나갈 수도 없어
헤매고 있다

새벽 눈

밤새 새하얀
사랑의 편지가
하늘에서 내렸다

토막잠

아주 잠깐
잠들었다
깨었다

내 마음의 문

내 마음의 문은
활짝 열려 있어
불쑥 찾아와도 좋다

내 마음의 빈터

지루할 때
내 마음의 빈터에
짬짬이 찾아와도 좋다

독서

수많은 이야기를
만나러 가는
글자 속으로의 여행

하모니카

입안에서
음악이
쏟아져 나온다

순수

티 없이
맑고
깨끗하다

속셈

계산
빠르게
움직이고 있다

부르고 싶은 이름

너의 이름 부르고 싶어
목울대마저
울었다

손짓

네가 나를 부르는
손짓만 해도
달려가고 싶다

표적

너를 찾고 있다
눈의 앵글이
너를 좇고 있다

땀

열심히 일하며
흘린 땀은
보람되고 시원하다

급한 마음

나보다
내 생각이
먼저 뛰어갔다

백령도

파도에 꼼짝달싹 못 하고
며칠 동안 갇혀버려
내가 섬이 되었다

얼룩

삶 속에
얼룩 없는 사람
누구인가

한계령

넘는 고갯길마다
가을이 빨갛게 물들어
나도 덩달아 물들었다

세월

주름진
얼굴에
고스란히 남아 있다

내일

내일이 있다는 것은
삶의 출구
희망이 있다는 것이다

도란도란

가까이
할 수 있다면
사랑을 속삭이고 싶다

담뿍

너에게
아낌없이
다 주고 싶다

결실

내일을 보며
땀 흘렸더니
풍성한 열매가 열렸다

324

풍장

바람이 티끌 하나
남기지 않을 때까지
남아 있고 싶다

합심

하나 된 마음으로
한뜻으로
일하고 싶다

속절

아무 생각 없이
아무 관심 없이
떠나간 사람들

발견

내가 찾아내다니
참
신기하다

틈새

기회가
분명히
찾아올 것만 같다

파편

산산조각이 나서
도저히
돌아갈 수 없다

안중

아직 안에 있으니
얼마나
다행스러운가

미완

다 이루지 못한
안타까움이
늘 남아 있다

어부

바다를 사랑하고
파도의 친구이며
물고기의 주인이다

모정

순수하고
아름다운
어머니의 마음

애지중지

아끼고 사랑하고
보살피는 마음이
끝이 없다

반란

모든 것이 싫어
몽땅
뒤집어놓고 싶다

성큼

마음이 급해져서
한 발짝
앞서 나간다

파장

이 흔들림을
아느냐
나는 살아 있다

쏜살

급한 일이 생겼나
너무 빨리 달아나니
붙잡을 수가 없다

조화

서로 다른 것들이
하나로 어울리니
그리 아름다울 수가 없다

빙벽

폭포의 소리조차
마음조차 꽁꽁 얼어
얼음벽이 되었다

화염

불타는 뜨거운
불속에서
누가 살아남을 것인가

산골

세상을 잊고
깊은 산중에서
사는 것도 행복이다

속내

네 속에
뭐가 들었는지
궁금하다

칼바람

살을 파고드는
한겨울
매서운 바람

극점

끝에서 끝
여기가
마지막이다

황홀

꿈이냐 생시냐
너무 좋아
구분이 안 된다

투정

불평과 불만이
입안에
가득하다

자맥질

물속으로
풍덩 빠지니
다른 세상이 보인다

한창

혈기왕성하게
번창이
되고 있다

절정 1

흥이 기분 좋게
끝까지
올라가고 있다

절정 2

갈대가 흔들릴 때
가을은
절정을 이룬다

발목을 잡히다

오지도 가지도
못하니
따분하다

질주

쉬지 않고
재빠르게 달리니
숨차다

알쏭달쏭

알 듯
모를 듯
종잡을 수 없다

무성

풀들이 잘 자라
들판에
가득하다

명랑

밝게 웃고
소탈한 성격이
만나면 기분 좋다

무장

싸울 준비를
단단히
해놓았다

기둥

바로 서야
모든 것이
튼튼하다

미동

아주 작은
섬세한
움직임

폭소

웃음꽃이
활짝
피었다

땡볕

뜨거운 햇살이
강하게
몰려들었다

출몰

내 머릿속을
자꾸
들락거렸다

공명

내 마음에
진실한 울림이
가득하다

버겁다

무척 힘들고
지쳐서
어찌할 수 없다

푸른 바람

온 세상에
생명의 바람이
불어온다

애초

사랑의
시작의 순간을
기억하고 있다

외줄

줄 하나
타고 오르니
위태롭고 두렵다

리듬

삶에 리듬을 타면
즐겁고
기쁘지 아니한가

쫑긋

내 귀는
듣고 싶은
이야기가 있다

신선

순수하고
깨끗하고
선한 모습

광경

눈앞에
펼쳐지는
풍경

응시

한곳을
계속해서
바라만 보고 있다

공손

예의를
잘 갖춘
겸손한 모습

향수

그리움이
몰려와
가슴이 뭉클하다

묘연

알쏭달쏭
전혀
알 수가 없다

슬금슬금

아주
조금씩
움직이고 있다

호기심

궁금한 것이
점점 더
많아진다

고립

고독의 섬처럼
혼자
덩그렇게 남았다

누수

자꾸만
새고 있는데
막을 수가 없다

입구

이곳으로
들어가면
됩니다

목격

그 순간
그대로
보았다

충분

부족함이
하나
없다

다정

누구나 좋아하는
따뜻하고
정겨운 마음

기록

너의 사랑을
내 마음에
적어놓았다

진심

진실한
속마음의
있는 그대로의 표현

원천

일이
처음
시작되는 곳

항상

언제
어느 때나
늘 같이 있다

천신만고

온갖
어려운 고비를
다 겪다

균열

서서히
부서지고
무너져 내린다

능숙

부족함이
하나 없이
아주 잘한다

명중

정확하게
중앙을
맞혔다

행로

우리가
꼭 가야만
하는 길

몰두

몸과 정신을
하나로 묶어
집중하고 있다

낙천

마음을
참 편안하게
갖고 산다

애정

너를 사랑하는
마음이
가득하다

전속력

가장
빠르게
달려가고 있다

의미심장

깊고
고결한 뜻이
담겨 있다

정교

빈틈없이
세련되고
분명하다

핵심

가장 중요한
부분을
말한다

진담

내 마음의
진실을 말하고
싶다

암초

살면서 수없이
만나야 하는
고난 덩어리

감쪽같이

한순간
아무도 모르게
사라졌다

조준

정확하게 맞히려고
초점을
맞추고 있다

퇴출

무작정
예고 없이
쫓겨나고 말았다

초조

오지 않을까
걱정되어
온몸이 떨렸다

조각난 꿈

꿈이
깨져버려
산산조각이 났다

익숙

이젠
잘할 수 있는
힘이 생겼다

아쉬움

점점 더 멀리
멀어져
갔다

푸릇푸릇

나뭇잎들이
자라나는
생명의 소리

쑥쑥

새싹들이
돋아나는
신비의 소리

함박웃음

크고 밝은
꽃처럼
활짝 피어난 웃음

한참

오랜
세월이
흘러간 후

정적

너무
조용해
깨질 것 같다

출항

배가 항구를
떠나
바다로 가고 있다

산들바람

마음이 들떠서
밖으로
나가고 싶다

불길

별로
안 좋은 일이
일어날 것 같다

작정

하기로
마음을
크게 다짐했다

활보

온 세상이
자기 것인 양
걸어가고 있다

유유히

가장 고요하고
편하게
흘러가고 있다

무력

힘이
쭉
빠져버렸다

적의

싸우고 싶은
마음이
불타오른다

진화

변하고
발전하고
새롭게 되는 것

내용

속마음
깊은
곳

환상

꿈인 듯
현실인 듯
그려보았다

나중

다음에
그 시간이
오지 않을 것 같다

화술

말을
어떻게 해야
잘할까

집행

일을
실행하고
있다

가난 1

호주머니 텅 비고
창자마저 채우지 못해
가슴 옥죈다

가난 2

쪼들리고
참혹했던 삶
옛 기억으로 추억 된다

가난 3

초라하게 꺾인 목숨
잔인하고
춥고 배고프다

가난 4

배고픔과
굶주림이
성장시켜주었다

가난 5

쪼그라들고
힘들어
슬프다

가난 6

일하지 않으면
금방
찾아온다

가난 7

쌀밥 한 그릇
목구멍에
넘기기가 힘들었다

가난 8

가난의 골목 사이로
아무리 돌아다녀도
헤어날 길이 없다

352

가난 9

짓눌려
살면 살수록
한숨만 터져 나왔다

가난 10

고생길 가다 보면
평탄한 길
찾아올까

가난 11

떠나지 못하고
벗어나지 못하면
일생이 감옥이다

가난 12

허기를 채우고
허기를 쫓아내며
살기에 바빴다

조곤조곤

어느 날
내 속마음
말하고 싶다

군불

사랑의
불길이 타오르면
마음도 따뜻해진다

가로수 1

누구를 얼마나 사랑하기에
죽을 때까지 제자리에 서서
기다리다 쓰러지는가

가로수 2

누가 지나가는 걸
보려고 한 줄로
도열해 있을까

가마솥 1

퍼줘도 남는
넉넉하고
푸짐한 인정

가마솥 2

김 나는 가마솥 열면
잘 익은 먹음직한 것
한가득 들어 있을 것 같다

가뭄 1

내 마음이
쩍쩍 갈라져
물기가 하나도 없다

가뭄 2

메마른 대지에
소낙비 쏟아졌으면
좋겠다

가슴앓이 1

내 가슴이 아파도
너만 괜찮다면
감당하고 싶다

가슴앓이 2

참 묘하다
왜 가슴만
아플까

미루나무

세상이 더 많이
보고 싶어
키가 커졌다

가시

고통이
모여서
돋아나고 있다

가을 1

곱고 고운
쪽빛 하늘을 보면
내 마음도 맑아진다

가을 2

황홀했던, 사랑
잊을 수 없는데
낙엽 하나 시가 된다

가을 3

못다 이룬 사랑
그리움으로
낙엽 속에 담겨 있다

가을 4

떨어지는 낙엽마다
색의 화려함이
혼쭐 빼놓는다

가을 5

고독이란 말
잘 어울리는 계절
커피 마시며 여행 간다

가을 6

화려한 옷을 벗고
그리움에 휘파람 불더니
훌쩍 떠났다

가을 7

갈대숲에
편안하게
눕고 싶은 계절

가을 8

단풍 들고
열매가 풍성하고
낙엽이 떠나는 계절이다

가을비 1

짧게 내린 가을비
고독 달래주는
음악처럼 들렸다

가을비 2

울고 싶도록
쏟아져 내리면
한 잔의 커피를 마시고 싶다

가을비 3

비가 내릴 때마다
온도가 떨어지고
겨울이 가까이 다가왔다

해송

바닷바람을
맞고 자란
소나무

가족 1

올망졸망 살아가는
하늘 아래
가장 가까운 사이

가족 2

이만한 사랑 있을까
이만한 행복 있을까
이만한 축복 있을까

가을 길 1

단풍이 물들어
걷고 걸어도
아름다움이 끝없다

가을 길 2

님이 가시려나
단풍 드는데
마음 떠나고 없다

가출 1

살던 곳에서 도망쳐
모든 걸 잊고
새롭게 살고 싶다

가출 2

언제쯤 돌아올까
가족은
가슴이 미어진다

가출 3

집을 떠나
좀 더
나를 찾고 싶었다

초봄

연초록이 퍼지면
내 마음도
봄이 된다

간격 1

멀어지면 멀어질수록
다시 만나기
힘들다

간격 2

서로 일정한
거리를
두고 있다

간신히 1

정말
어렵고
힘들다

간신히 2

억지로
가까스로
벗어났다

간직 1

마음속
깊이
담아두었다

간직 2

너를
내 마음속에
꼭 담고 싶다

간혹 1

이따금
한 번씩
불쑥 찾아왔다

간혹 2

어쩌다
가끔
있었다

갈대 1

바람이 까다롭게 불어도
서로 껴안을 수 없어
외롭다

갈대 2

가을 들판에 서서
고독에 젖어
바람에 흔들리고 있다

갈매기 1

왜 떠도는가
왜 우는가
그리움 탓이다

갈매기 2

바닷가에서
만날 수 있는
바다 친구

감격 1

아주 기분 좋은
기쁘고 좋은 일이
일어났다

감격 2

어쩌면
이토록
좋을 수가 있을까

감격 3

가슴이
찡하도록
감동했다

아침

햇살이 강물에 톡톡 튀고
발걸음 한결 가벼워
좋은 일 있을 것 같다

감동 1

삶 속에서
가장 마음이
뭉클해지는 시간이다

감동 2

눈물 핑 돌고
웃음 터져 나와
가슴 뭉클해지는 일

감사 1

감사할 수 있다는 것은
참으로 행복한 일
큰 행복이 찾아온다

감사 2

모든 것을 감사할 때
행복 이름으로
축복의 옷을 입는다

감옥 1

철창 감옥보다
스스로 갇힌 감옥이
더 괴롭다

감옥 2

내 스스로 만든
감옥이
가장 어둡다

오솔길

왠지 걸어가면
행복이
찾아올 것 같다

감자

뜨거운 열로 삶은 감자
껍질 벗겨 먹으면
여름의 맛이다

강 1

흐르는 강은
높은 언덕 위에서
내려다볼 때 아름답다

강 2

강물은
흘러가기를
거부하지 않는다

강 3

잽싸고 눈치 빠르게
기다리기엔 안달 나
한 품고 흘러간다

강 4

강은 직선으로
흐르지 않고
계곡과 물길 따라 흐른다

강 5

흐르는 강물은 결코
흘러온 곳을
되돌아가지 않는다

강 6

강물은 멈추지 않고
굽이굽이
아래로 흘러가야 한다

강 7

급히 갈 일이라도
생겼나 보다
한밤중에도 흐르고 있다

강 8

머뭇거리지 않고
서성거리지 않고
절대로 멈추지 않는다

강 9

세월 따라 속절없이
불어오는 바람에도
자유롭게 흘러간다

강 10

너만 흘러가냐
인생도
흘러간다

강 11

흘러갈 곳이
있어서
행복하다

강물 1

고이면 썩는 것을
흘러갈 수 있으니
얼마나 좋으냐

강물 2

어디서 만나도
한마음으로 흘러가며
머물지 않는다

강물 3

말없이 흘러가기에
더욱더
매력적이다

개구리 1

물속 자맥질하더니
숨찬지 고개 들어
하늘 쭉 빨아 꿀컥 삼킨다

개구리 2

한이 얼마나 많으면
한여름 내내
대성통곡하느냐

개나리 1

노란 주둥이
함께 모여
봄노래 합창한다

개나리 2

햇살 가득한 담장 아래
온몸 자지러지게
웃음꽃 터져버렸다

갈증 1

목마름이
극심하게
타오른다

갈증 2

하고 싶은 일이
너무
많다

개미 1

잘못하다 들켰나
꽁무니 빼듯
쏜살같이 달아난다

개미 2

어느 성형외과에서
몸매 고쳤는지
허리가 잘록하다

개미 3

무슨 할 일이
그리 많아
쏘다니고 있냐

개미 4

날씨 좋은 날
개미들이 떼로 줄지어
야유회 가나 보다

갯벌 1

망둑어가 뛰고
조개들의 집
행복을 준다

갯벌 2

바닷게들의 천국
조개들의 마을
세발낙지들의 집

갯벌 3

작은 게들이
잡히지 않으려고
혼비백산 도망친다

소곤소곤

너와 한없이
사랑을
이야기하고 싶다

거리에서 1

어디서 왔을까
나까지 나왔으니
복잡하게 되었다

거리에서 2

이 많은 사람들이
어디로 갈까
서로 모른 척 지나간다

거미 1

남 잡으려고 친 덫에
스스로
걸려 죽는다

거미 2

허공에 집 짓는
재주 갖고 있다니
대단하다

거북 1

시계도 없고
시간도 상관없이
느릿느릿 기어간다

거북 2

느림의 미학으로
넓은 바다를
천천히 헤엄치고 있다

거북 3

이름만큼
느리게
천천히 기어가고 있다

거북 4

왠지
잘 맞지 않고
엇갈린다

거울 1

혼자 볼 때는
아주 잘생겼더니
같이 보면 달라진다

거울 2

나를 볼 수 있다니
이 얼마나
신기한 일인가

거짓말 1

하면
할수록
진짜 사실이 된다

거짓말 2

진실과
정직이
사라진 말

개운 1

속까지
끝까지
시원하다

개운 2

시원하고
매우 깨끗한
느낌을 준다

거품 1

사실이 아닌
헛것이 잔뜩
부풀어 올라 있다

거품 2

진실을 가장하여
부풀어 오르는
가면이다

걱정 1

속 뒤집혀
목줄 까맣게 타고
애탄다

걱정 2

근심만
잔뜩
모아놓았다

걱정 3

가슴이 조마조마하게
숱한 생각이
머리를 스쳐 간다

망망대해

끝없는 바다가
펼쳐지는데
어디로 갈까

건방 1

옹졸하게 폼 잡고
으쓱대지 마라
세상이 너를 더 잘 안다

건방 2

어깨를 으쓱거리며
말투도 심상치 않아
비호감이다

건성 1

마음에도 없이
하는 척 마는 척
성의 없는 행동

건성 2

하는 둥
마는 둥
흉내만 내고 있다

겨울 1

아무리 추워도
코트 호주머니 속
손 꼭 잡으면 따뜻하다

겨울 2

하얗게 내리는 눈으로
겨울 풍경이
금방 아름다워진다

겨울 3

엄동설한에
모든 것이 얼어붙어도
새싹은 살아 있다

겨울 4

나뭇가지
앙상한 계절
눈이 덮어준다

겨울 강 1

냉가슴 꽁꽁 얼어
꼼짝 못 해도
강 밑 봄소식 흐른다

겨울 강 2

엄동설한 물 차디찬데
청둥오리
발 시리지 않을까

겨울 산 1

옷 다 벗어
추울 텐데 하얀 눈이
겹겹이 감싸주고 있다

겨울 산 2

함박눈 내리자 산들이
하얗게 분칠하고
웃으며 반긴다

382

종단

처음부터
끝까지
간다

겨울밤 1

어둠
내려앉을수록
겨울밤 깊어간다

겨울밤 2

홀로 쓸쓸한
겨울밤은
유난히 춥고 외롭다

견고

흔들림 없이
튼튼하고 강하니
걱정하지 마라

결국 1

떠날 텐데
욕심내고 살지 말아야지
사랑하며 살아야지

결국 2

네 그렇게
될 줄
벌써 알았다

결박 1

꽉 묶여버려
울부짖어도
헤어날 수 없다

결박 2

꽁꽁 묶여서
풀고 나갈 수 없도록
자유 잃었다

384

결백 1

단 하나의 거짓도 없이
부끄럼이 없이
당당하고 떳떳하다

결백 2

맑고
깨끗하고
거짓이 없다

결심 1

마음 줄 묶고
굳세고 강한 마음으로
다짐한다

결심 2

이번에는
꼭 하기로
마음 단단히 먹었다

결핍 1

부족과
갈증이
허겁지겁 모여 있다

결핍 2

부족하고
쪼그라들어
불쌍하고 안타깝다

결핍 3

부족을
뼈저리게
느끼고 있다

결핍 4

바닥이
통째로 드러나
너무나 부족하다

386

경계 1

어떤 일이
벌어질까
지켜보고 있다

경계 2

더 이상
다가오지 말라고
그어놓은 선

고개

고개를 들어봐
희망이 보일 거야
사랑하는 이 보일 거야

조잘조잘

참새처럼
잘도
떠든다

고뇌 1

몸서리치며
울부짖어 보았는가
숨통이 탁 막힌다

고뇌 2

지나친 생각의
골짜기에
깊이 빠져들었다

고뇌 3

생각의 깊이에
짓눌려
무겁다

고뇌 4

생각이
꼬리에 꼬리를
물었다

겨울나무 1

두 발 흙에 꼭꼭 감추고
손 높이 들고
누굴 기다리고 있을까

겨울나무 2

추위에 떨면서도
봄이 오기까지
제자리를 지킨다

고단 1

지치고 힘들고
피곤해 한동안
푹 쉬고 싶다

고단 2

몹시
힘들고
지쳐버렸다

고독 1

고독에 빠져들 줄
아는 사람은
문학을 만든다

고독 2

촛불 하나 켜놓고
그대 모습이 보일 때까지
바라보고 있다

고독 3

밤 깊어갈수록
외로워도 괜찮다
고독할 수 있으니까

고독 4

보이지 않는
창살에 홀로 갇혀
무지 외롭다

고독 5

무릎을 끌어안아도
안으면 안을수록
더 외로웠다

고독 6

쇠잔하여 쓸쓸하게
서 있어도
아무도 관심이 없다

고독 7

외로움조차
혼자
남았다

고독 8

외로움에 막혀
감옥에
갇혀버렸다

고독 9

고독하다고 사치스럽게
말하지 마라
먹고살기도 힘들다

고독 10

고독을 영혼에
담는 사람은
사람을 사랑한다

고독 11

서러움과
쓸쓸함이
친구가 되었다

고독 12

가을 길을
쓸쓸히
혼자 걷고 있다

고독 13

캄캄한 밤
혼자
어둠 속에 숨었다

고독 14

쿡 쑤시는 탓에
외로움 씹었더니
울음만 터져 나왔다

고독 15

널 사랑한 죄로
널 그리워한 죄로
고독하다

고독 16

고독이
뼛속에 흘러들어
가슴 한구석 시려왔다

고독 17

고독하지 않고서야
시인이 될 수 있을까
고독 알 수 있을까

고독 18

고독의
독 속에서
시가 피어났다

고독 19

멀리 떨어져
외로운 날은
핏줄이 당긴다

추가

부족한
부분을
다시 채워준다

고목 1

서 있는 동안
수많은
세월이 흘러갔다

고목 2

우리 마을
역사를 담고
자라왔다

고목 3

오랜 세월
모진 바람도 견딘
당당함이 살아 있다

책

물감 없이도
언어로 만든
그림

고민 1

생각의 골목에
또 다른
생각이 잔뜩 몰려들었다

고민 2

마음의 골목에
쓸데없는 생각이
돌아다닌다

고민 3

떠올리기조차 싫은
생각의 골목에서
갈 길 잃고 찾지 못했다

고민 4

수많은 생각이
모이고 모여들어
새로운 생각 만든다

고민 5

잡다한 생각을
쓸데없이 구깃구깃
머리에 던져 넣는다

고민 6

머리가 복잡하고
생각이
가슴을 졸인다

구경 1

볼 것이 있어야
재미와 흥미가 있고
신바람이 난다

구경 2

온 세상에
볼 것 많아서
참 좋다

고백 1

하고 싶은 말
목구멍에
가득하다

고백 2

서성거리지 말고
머뭇거리지 말고
속 시원히 말할 걸 그랬다

고백 3

한마디 말하기가
참 쑥스럽고
힘든가 보다

고백 4

속 깊은 말
퍼 올려
말하고 싶다

고백 5

마음에
영원히 잊지 말라고
"사랑한다" 말하고 싶다

고백 6

가슴에
간직했던 말
꼭 하고 싶었다

공감 1

아무 말 없어도
똑같이
알 수 있다

공감 2

당신의 말에
나도
동의합니다

고비 1

수없이 다가오는데
뛰어넘지 않으면
아무것도 할 수 없다

고비 2

버티기 힘들었던
어려웠던
순간

고비 3

숨이 턱에 차도록
견디기 힘든
순간들

고비 4

아슬아슬하고
위태로운
순간들

고삐 1

고삐가 풀리면
나사 한번 화끈하게
조이고 살자

고삐 2

잘 당길 수 있도록
매어놓은
줄

고요 1

잠겨들면
한동안
못 나올 것 같다

고요 2

소리들이
어디로 갔을까
너무 조용하다

고작 1

그러면
그렇지
내 그럴 줄 알았다

고작 2

기껏해야
그 꼴
그 모양이냐

고정 1

미동도
움직임도
전혀 없다

고정 2

흔들리지 않고
꽉
박혀 있다

고집 1

빈틈 한구석
남기지 않고
꽉 차버렸다

고집 2

전혀 변할 줄 모르는
못된 마음의
응집

고집 3

한번 먹으면
잘못된 것도
변하지 않는다

우열

옳고
그름을
구별하는 일

고추 1

성깔 까칠해
화 단단히 났다
새빨갛게 달아올랐다

고추 2

푸르게 멍 들었다
빨갛게 물들었다
성깔 참 고약하다

고추잠자리 1

청양 고추 먹고
뜨거운 피 흐르나
어쩔 줄 모른다

고추잠자리 2

고추를 얼마나
많이 먹었으면
온몸이 빨개졌을까

고통 1

어깨 짓누르는
절망 무게
어떻게 감당할까

고통 2

살기 힘든가
오만 가지 인상 쓰며
한숨 쉬고 있다

고통 3

겁에 질려
한사코 파고드는
아픔을 어찌하나

고통 4

불어닥치는
거센 바람
견디기 힘든 안타까움

고통 5

이겨내면 이겨낼수록
흐르는 눈물이
기분 좋았다

고통 6

홀로는
감당하기 어려운
아픔

고통 7

갖가지
아픔이
몰려온다

파안대소

기분 좋게
신나게
웃었다

고향 1

고향이 있는
사람은 행복하다
갈 곳이 있으니까

고향 2

멀면 멀수록
가까우면 가까울수록
더욱 그립다

골목길 1

가난한 인생들
머물다 떠나가면
또다시 찾아온다

골목길 2

동네 사람들의
이야기가
모였다 떠나는 곳

골병 1

몸과 뼛속까지
고통이
흘러내린다

골병 2

뼛골까지
병이 찾아들어
터를 잡았다

골수 1

골수에도
희망이
흘러야 한다

골수 2

뼈까지
사무친
마음

공포 1

몸이 쪼그라들고
털이 삐쭉 서고
겁먹은 두려움

공포 2

눈 뜨고 볼 수 없어
등골 서늘하고
오금 저렸다

공포 3

까만 절망이
하얗게 질리도록
두려움이 쌓인다

공포 4

무서움
두려움
떨림이 계속된다

분리

서로 멀리
떨어지기
시작했다

관통

한순간
한복판을
뚫고 지나갔다

광장

사람들이
모이는 곳
자유와 외침이 있는 곳

취소

하려고
했던 일을
하지 않는다

과거 1

흘러간 세월이
정지되어
고스란히 남아 있다

과거 2

말없이 떠난 지난날
몽땅 잊어버려
돌아오지 않는다

과거 3

가라
지난 일을
떨쳐버려라

과거 4

오래전에
흘러가 버린
세월

괴로움 1

잘못한 일이
너무 많이
쌓였다

괴로움 2

속 쓰리고
심장이 조여들고
안절부절못하겠다

괴로움 3

마음의 골짜기에
골 깊은
상처가 생겼다

여백

내 마음의 여백에
"사랑한다"는 말
써놓고 싶다

구름 1

구름은 여행자
오래 머물지 않고
떠나간다

구름 2

비 뿌리고 나면
남는 건 역마살뿐
떠돌이로 산다

구름 3

흘러가는 곳
따라가면
어디든 갈 수 있을까

구름 4

한 번도
머무르지 않고
늘 떠돌아다닌다

구름 5

시간마다 하늘에
다른 풍경을 만들며
계절을 알려준다

여름

황홀했던 열정
잊을 수 없고
그리움 어쩔 수 없다

구석 1

어두운 곳
밝은 곳
좋은 구석도 있다

구석 2

한쪽으로
쪼그라들고
있다

구차

바라보기에도
참 불쌍하고
딱하다

쑥

산과 들에
누가 부르지 않아도
쑥쑥 돋아난다

국화 1

찬 바람이 불면
늘 만나던 친구같이
정감 있게 피어난다

국화 2

가을 소식을
가장 잘 전해주는
아름다운 꽃

굴욕 1

비굴하게
무릎을 꿇다니
비참하지 않은가

굴욕 2

바르고 당당하게
살 수 있는데
바보처럼 살고 있다

굼벵이 1

무슨 생각일까
세월아 네월아 하니
언제나 정신 차릴까

굼벵이 2

제 할 일
못 하고
어기적거리는구나

궁금 1

자꾸만 알고 싶어지는
드러나지 않은
이야기

궁금 2

무슨 일인지
어떻게 된 것인지
자꾸만 알고 싶다

궁금 3

당신의
모든 것을
알고 싶다

시들

좋았던
마음이
말라버렸다

궁핍

참을 수 없게
가진 것이 없이
바닥이다

쓸쓸함 1

눈보라 치는 겨울날
홀로 서 있는
나무보다 더 쓸쓸할까

쓸쓸함 2

누가 자정 지난 시간
어둠 밝히고 있는
가로등보다 쓸쓸할까

오류

뭔가
잘못되고
말았다

궁리 1

생각에 생각이
몰려
새판 짜고 있다

궁리 2

이 생각
저 생각
온갖 생각에 빠졌다

귀뚜라미 1

귀뚜라미
울음소리 들리면
가을이 시작된 것

귀뚜라미 2

꼭꼭 숨어 찢어질 듯
울기 시작하면
가을이다

어떤 날

하얀 치아 다 보이도록
밝게 웃는 모습
참 많이 보고 싶었다

귀향 1

힘들고
초라해도 가고 싶고
잘돼도 가고 싶다

귀향 2

고향을
멀리 떠나오니
외롭고 쓸쓸하다

건조

물기
전혀 없이
싹 말랐다

그날 1

그 사람만 잘 만났더라면
그 일만 잘했더라면
아쉬움이 남아 있다

그날 2

그 일만 모른 척했더라면
만나지 않았더라면
서운한 안타까움 남아 있다

그날 3

그 말만 하지 않았으면
좋았을 텐데
상처 준 말 미워진다

변화

고정되어
꼼짝 않던 것이
달라지기 시작했다

그대 사랑 1

내 마음의 골짜기마다
그대 사랑
소나기처럼 쏟아져 내려라

그대 사랑 2

그대 사랑
내 가슴에 번지더니
꽃이 되어 피었다

그때 1

우리
왜 사랑하지 못했을까
서로 알지 못했으니까

그때 2

아찔했다
네가
떠나갈까

그리움 1

네가 보고 싶어
내 눈이
멀 것 같다

그리움 2

그리움 하나
살아남아 있으면
너를 만날 수 있다

그리움 3

머나먼 사람
가까이 오기를
기다린다

그리움 4

멀어지면
멀어질수록
더 그립다

그리움 5

마음 한구석에
늘 남아 있는
혼자만의 사랑

그리움 6

온 세상
둘러보아도
그대뿐이다

그리움 7

흐릿한
눈망울 속에
자꾸만 보이는 그대

그리움 8

살다 보면
문득
가 닿을 수 있을까

그리움 9

떠올랐다가
사라졌다가
온통 그대 생각뿐이다

그리움 10

돌돌 말아두었다
외로울 때
풀어볼까

그리움 11

아련한 기대 속에
너를 그리워하다가
몸살 나 녹아버렸다

그리움 12

널 자주 보고 싶다
미치도록
죽도록 보고 싶다

그리움 13

지우고 잊으려
되풀이할수록
선명하게 떠오르는 얼굴

그리움 14

핏줄 뜨겁도록
무진장 몰려오면
보고파서 미칠 것 같다

그리움 15

멀리 떨어져 있어도
가깝게 느껴지는 것은
그리움 탓이다

그리움 16

그리움 사로잡혀
보고 싶은 생각에
가던 발길 돌렸다

그리움 17

왜
너만 보고 싶어
눈물이 날까

그리움 18

우리 만날 수 없어도
적당한 거리에서
그리워하며 살자

그리움 19

어울려 살아야지
혼자 살면
무슨 재미가 있나

그리움 20

살짝 들어와서
나갈 생각 없으니
병들고 말겠다

그리움 21

그리운 바다
너무 넓다
그립다

그리움 22

바다에 배 하나 떠 있고
갈매기 날아가는데
보고픈 얼굴 그려진다

그리움 23

바닷가에서
파도 때문에
자꾸 생각나 걸었다

그리움 24

그리움도
뭉툭해지면
덜 보고 싶을까

봉선화 1

남몰래 사랑한
그리움 끊지 못해
손톱 끝 물들인다

봉선화 2

계절이 지나가도
손톱 끝에 그리움이 남아
가슴 뭉클하다

그림 1

호텔 로비에서
만난 그림
화가가 참 고맙다

그림 2

너의 모습 그리다
네 마음까지
그려놓았다

그림자 1

태양이 찬란해도
어둠은 조금씩
숨어 살고 있다

그림자 2

왜 쫓아다닐까
궁금한데
아무 말 하지 않는다

그림자 3

태어날 때
함께 태어나서
평생 따라다닌다

그림자 4

절대로
손에 잡히지
않는다

근사 1

아주 멋지고
아름답고
세련되었다

근사 2

그럴듯하고
멋있고
보기에 좋다

기겁 1

갑자기
당황스럽게
겁을 먹고 있다

기겁 2

놀라서
달아나고
있다

기다림 1

어디서 올까
발자국 소리 들려
혹시나 두리번거린다

기다림 2

한정 없이
기다려도
그대 온다면 좋다

기다림 3

네가
찾아오지 않으면
하루가 너무 길다

기다림 4

누군가를
만나고
싶은 마음

기다림 5

기다림이
있다면
살아갈 이유가 있다

그물 1

내가 쳐놓고
그만
내가 걸려들었다

그물 2

던지면 무엇을
잡을까
궁금하다

극복

온갖 시련과
난관을
이겨내는 힘

기대 1

너라면
나에게
해줄 수 있어

기대 2

그리워 눈 감았는데
눈 떴을 때 그대 있다면
얼마나 좋을까

기대 3

기대할 것
없으면
희망도 없다

기대 4

기대했던 곳은
머무르고 싶고
오래도록 살고 싶다

기대 5

뭔가
해줄 것 같은
느낌이 든다

기도 1

나를 버리고
침묵 속으로 빠져들어
하늘의 음성을 듣는다

기도 2

죄와 잘못을 드리고
구원과 축복을
선물로 받는다

소멸

영원히
사라져
버리는 것

기러기 1

외로움을 줄 세워
어디로
날아갈까

기러기 2

생각하면
할수록
외로움만 떠오른다

기러기 3

어디로 날아가니
나도 너를 따라가면
안 될까

자력

스스로의
힘으로
해내는 것

기억 1

아직 여운이 남아
지울 수 없는
흔적 남아 있다

기억 2

흘러간 세월 속에
가장 또렷이
남아 있는 시간의 흔적

기억 3

잊지 않아요
결코
당신을 사랑하니까

기억 4

내 몸 전체가
너를
기억한다

기억 5

당신을
기억하고 있으니
나를 잊지 마시오

기적 1

놀라운 일이다
설마 하던 일이 일어나
현실이 되었다

기적 2

기적을 바라기보다
열심히 일해서
기적을 만들겠다

기적 3

안 될 줄 알았는데
눈앞에
이루어지고 있다

438

기린 1

누가 얼마나
애타게 보고 싶었으면
목만 길어졌을까

기린 2

무엇이 궁금해
목을 장대만큼 늘이고
두리번거리고 있을까

기회 1

찾아올 때마다
꼭 잡아
놓치지 않겠다

기회 2

이 순간을 놓치면
다시는
오지 않는다

긴장 1

시간이 멈추어버린 듯
끊어질 걱정에
피로가 쌓였다

긴장 2

큰일 일어났는데
마음을 꽁꽁 묶어놓아
풀 재간이 없다

긴장 3

어찌 될 것인지
마음이 저려오고
매우 궁금하다

긴장 4

불안이 몰려오고
초조하고
애간장이 끓는다

긴장 5

온몸의 신경이
옥죄여
들고 있다

까마득히

멀고
또 멀고
참 멀다

깍쟁이 1

쓸 줄 모르고
나눌 줄 모르는
욕심꾸러기

깍쟁이 2

너는
뭘
먹고 사냐

길 1

길 찾아나서야
새로운 길
만날 수 있다

길 2

떠나온 길 그립고
찾아가는 길 새롭다
길에서 길을 찾아간다

길 3

길 찾으면 행복하고
길 잃으면
불행이 찾아온다

길 4

삶은
길이다
길을 만들어가며 산다

길 5

가물거리던 길
끝나도 걱정하지 마라
길이 있다

길 6

찾아갈 수 있어야
길이다
길 잃으면 미로다

길 7

똑같은 길 걸어도
어떤 날 지루하고
그날 마음 따라 다르다

행방

어디로
갔는지
궁금하다

깃발 1

세찬 바람에
허공에 나부끼고
살아 움직여야 한다

깃발 2

축 늘어져도 바람 불면
온몸 마구 펄럭이며
뜨겁게 환영한다

까마귀 1

웬 설움 복받쳐
애끓는 한풀이 못 해
몸서리치게 우는가

까마귀 2

까맣게 몰려드니
더욱
까마귀다

444

깨달음 1

눈물 한복판에서
서럽게
울어도 좋았다

깨달음 2

머리가 번뜩하고
무릎 탁 치도록
옳고 좋은 생각 하라

깨달음 3

머리에서
번쩍 지나가는
생각이 알게 해주었다

깨달음 4

아차
그때
그랬구나

꽃 1

꽃도 사춘기가 있나
향기로
님을 부르고 있다

꽃 2

햇빛과 비와 땅이
만들어놓은
최고의 걸작품 중 하나다

꽃 3

세상의 모든 꽃들은
제 이름으로
꽃 피어난다

꽃 4

그대가 보고픈데
꽃이 피네요
그대 얼굴 같네요

꽃 5

꽃이 예쁘다고
마음대로 꺾지 말라
나도 아프다

꽃 6

기어코
피어나는 걸 보면
희망은 있다

꽃 7

피어도 져도
뭉개도
향기 내뿜는다

꽃 8

항상 피는 줄
알았더니
문득 피어난다

껍질 1

깨고 나오지
못하면 영영
생명을 얻을 수 없다

껍질 2

껍질을 깬다고
알맹이가
꼭 나오지는 않는다

꿀벌 1

작다고 무시하지 마라
천지를 날아다니며
꿀통을 채운다

꿀벌 2

꿀통을 채울 때까지
집중을 잃지 않고
꽃 찾아다닌다

꿈 1

꿈만 꾸지 않고
꿈대로 살았더니
꿈이 이루어졌다

꿈 2

꿈속에 널 만나려고
아무도 모르게
길 하나 만들어놓았다

꿈 3

그때 그 일
고스란히 찾아와
깜짝 놀랐다

꿈 4

단잠 푹 자다
좋은 꿈 꾸어야
행복하다

꿈 5

꿈결 잠결
설핏 잠들었을 때도
네 생각이 났다

꿈 6

게슴츠레 보이던 것들이
눈앞에 확실하게
보일 때 행복하다

꿈 7

꿈은 바라고
목표를 만들고
이루어내는 것이다

꿈 8

꿈 하나만
갖고 있어도
내일은 밝다

꿈 9

숲 속에
아담한 집 하나 짓고
살고 싶다

꿈 10

하다가 못 한 일
얼마나 많은가
하나라도 완성시키자

꿈 11

참 이상하다 아직도
군대를 제대 못 하고
졸업 못 한 꿈을 꾼다

꿈 12

내 마음속에서
걸어 나가
내일을 이루어라

꿈 13

목적에
미쳐야
한다

흠집

새것보다
흠집이 있어야
사용하기 편리하다

미숙

익숙하지
못하여
서툴다

소동

한바탕
소란스러운 일이
벌어졌다

452

꿈길 1

한없이
끝없이
걸어가도 좋을 것 같다

꿈길 2

생시에는
갈 수 없는
길

끄트머리 1

끄트머리 붙들고
아등바등 떨지 마라
중심 잡고 떳떳이 살자

끄트머리 2

끝에 있는데
더 이상
무엇을 바라는가

끈 1

매어져야지
풀리면
줄이다

끈 2

잘 묶어야
제구실을
한다

나그네 1

고달픈 인생살이
머물 곳 갈 곳 없이
돌아다니는 방랑자

나그네 2

여유롭게 시간에
매이지 않고
천천히 걸어갔다

나무 1

어떤 순간도 견디며
지켜볼 수 있는
참된 평화가 있다

나무 2

살아온 한 해마다
소중한 자국
나이테로 남겨놓았다

나무 3

나를 위해서가 아니라
다음 세대를 위해서
심어야 한다

나무 4

무슨 잘못을 했기에
눈이 오나 비가 오나
손 들고 벌서고 있을까

나무 5

겨울 잘 이겨내더니
키 높이기
시작했다

나의 시

나의 시를
그대가 읽어준다면
얼마나 좋을까

비상

푸른 하늘을
멋지게
날고 있다

산맥

산들이
모여들어
땅의 뼈대를 만들었다

나이 1

늙어보니
어디를 가나
나이 적은 사람이 많다

나이 2

세월이 갈수록
버릴 것 버리는데
나이는 늘어만 간다

나팔꽃 1

나팔꽃
기상나팔 소리에
잠이 확 달아났다

나팔꽃 2

아침마다 나팔을
힘차게 불어댔지만
들어본 사람 없다

낙관 1

좋게
잘될 것 같은
예감

낙관 2

좋을 거야
잘될 거야
괜찮을 거야

낙망 1

기다릴 것도
찾아갈 것도 없이
살 용기가 사라졌다

낙망 2

희망이
사라져버려
출구가 없다

낙엽 1

귀 떨어지게
찬 바람 불 때마다
이별하듯 툭툭 떨어졌다

낙엽 2

이별 눈물 흘리지 못하고
꿈결 같은 순간도
지난 세월로 떨어졌다

낙엽 3

한 장 한 장마다
사랑을 적으면
전해질까

낙엽 4

푸르른 시절 보내고
단풍으로 물들더니
너도 떠나는구나

낙엽 5

빛 고운 가을 단풍도
때가 되면
아쉽게 떨어지는구나

낙엽 6

단풍이
고독을 견디지 못해
떨어졌다

낙타 1

황량한 사막의
다정한
친구

낙타 2

사막 여행자의
둘도 없는
친구

나비 1

날개 저으며 날아올라
아득한 그리움
찾아 떠난다

나비 2

좀 쉬어라
연약한 날개로
어찌 날기만 하느냐

낙하 1

어디까지
떨어질지
전혀 모르겠다

낙하 2

꽃 피었다
지고 마는데
끝없는 것이 있나

낙화 1

꽃 진다고 슬퍼 마라
계절이 돌아오면
꽃 다시 피어난다

낙화 2

꽃은
떠날 때도
아름답다

낙화 3

화려했던
꽃 잔치도 끝나고
사라진다

진격

앞으로
계속해서
나가고 있다

462

난蘭 1

여인의 춤사위 속에
꽃 피워 향기를 내니
천하일품이다

난 2

고고하게 피어나
향기 풀어놓으니
마음 끈 풀고 일어선다

난 3

먹물로
그려놓아도
향이 가득하다

난 4

난이 꽃 피워
향기를 내뿜으니
사랑하는 이 품 그립다

난간 1

아슬아슬해
떨어질까
걱정된다

난간 2

언제 떨어질지 몰라
너무나
걱정이 된다

날씨 1

추우면 양지 찾고
더우면 그늘 찾고
선선하면 어디든 좋다

날씨 2

기분을 만들고
감성을 만드는
씨앗이다

낫 1

풀의 생목 싹둑
잘라내는 걸 보면
성깔 한번 대단하다

낫 2

싹둑싹둑
그리움을 잘라내도
다시 자라난다

낭만 1

삶 속에서 만나는
멋있고 즐겁고
기분 좋은 일

낭만 2

마음을
여유롭게
삶을 즐긴다

낭비 1

소용없는 일에
쓸데없이
열정을 쏟았다

낭비 2

귀한 시간을
쓸데없는 곳에
소비할 수 있을까

낭비 3

쓸 곳엔 쓰지 않고
쓰지 않아도
될 곳에 쓰고 있다

간소

아주
간단하게
해놓았다

낮달 1

밤새 얼마나
보고 싶었으면
낮에도 떴을까

낮달 2

어젯밤
못다 본 것이 있나
낮에도 떴다

내 사랑 1

그리움 가는 길
따라가면
내 사랑을 만날 수 있다

내 사랑 2

저리도 고울 수 있나
이리도 좋을 수 있나
이처럼 착할 수 있나

내동댕이 1

이토록 처참하게
버림
받을 수 있을까

내동댕이 2

다시는
보기 싫어
내던져 버렸다

냉담 1

대답이
없는
차가운 침묵

냉담 2

정 하나 없이
싸늘하고 차갑게
살아서 무엇 하나

노동 1

지친 어깨
충혈된 눈
힘 빠진 걸음걸이 막막함

노동 2

땀 흘리는
기쁨이 있어야
즐겁다

노래 1

너에게 들려주려고
악보로부터
흘러나왔다

노래 2

아주 오랜 후에도
그 노래를 들으면
그 사람이 생각난다

녹차 1

녹차 한 잔
주고받으니
마음에 여유가 생긴다

녹차 2

녹차 한 잔이면
목을 축이는데
무슨 욕심으로 살겠는가

농담 1

절친한 사람들이
주고받는
말장난

농담 2

함부로
장난치지 마라
말에 상처를 입는다

470

눈 1

온 땅에
생명의 물을
선사한다

눈 2

왜 좋아할까
더러운 것을
덮어주어서일까

눈 3

눈이 펑펑
내리는데
어디로 갈까

모험

힘들고
어려운 일을
시작하고 있다

눈길 1

발자국 한없이
남기며 걸어가도
기분 좋은 길

눈길 2

네가 보여주는
사랑의 눈길로
나는 행복하다

눈길 3

너의 눈길
사라져버린 날
이별을 느꼈다

정지

오도 가도
못하고
서 있다

눈물 1

마음 정화시켜주는
보석보다 투명하고
맑은 물

눈물 2

마음을
순수하게 만드는
소중한 표현이다

눈물 3

눈물 한 방울에
기쁨이 있고
슬픔이 있다

눈물 4

흘릴 수 있는 때가
좋은 거야
마르면 살기 힘들 거야

눈물 5

감정과 마음의
진실이
흘러내리는 아픔

눈물 6

서글픈 아픔 속에
목마른 목구멍에서
터져 나온다

눈물 7

흘릴 줄 알아야
인간미가
살아 있다

맹신

무조건
잘 알지 못하면서
믿고 있다

눈치 1

힐끔힐끔
걱정스럽게
주위를 살피고 있다

눈치 2

세상 살다 보니
속 들여다보이고
뻔하고 뻔하다

눈치 3

이곳저곳
살피지 말고
당당해라

촉감

손끝으로
느끼는
감각

느티나무 1

잘 견디어온
흘러간 세월보다
든든하게 서 있다

느티나무 2

오랜 세월 말없이
지켜보더니
풍성해졌다

다짐 1

캄캄한 벼랑에서
이 악물고
주먹 쥐고 일어섰다

다짐 2

주먹 굳게 쥐고
마음 간절히 원하며
내일 꿈꾼다

다행 1

잃어버린 줄 알았더니
다른 주머니에
고스란히 담겨 있다

다행 2

큰일이
벌어지지 않아
정말 좋다

단순 1

복잡하게 얽히고설키면
불행이 엄습하니
단순하게 살자

단순 2

간단하고
아주
평범하다

새싹

추운 겨울에도
세상이 보고 싶어
묵묵히 기다렸다

눈물 나게 슬프다

열심히 살았는데
수포로 돌아갈 때
깜깜하고 슬프다

단숨 1

가장 짧은
순간에
일어나는 일

단숨 2

가장
빠르게
달려왔다

단절 1

작두 싹
자른 듯
들려오지 않는 소식

단절 2

뚝
끊어져 버린 후
연결되지 않았다

단절 3

오도 가도
못하게
끊어버렸다

온기

따뜻함이
가슴에
전해진다

단풍 1

바라만 보아도 미치겠는데
온몸을 불태우고 있는
네 마음을 어쩌랴

단풍 2

천지가 단풍 빛깔
과일이 익어가고
들녘 풍년 소식 가득하다

단풍 3

가을이 오면
내 마음을 꺼내
보내는 마음의 편지

사방

어느 곳이든
언제나
가고 싶다

단풍나무

단풍 들어 나무들이
불탄 듯해도
잎 하나 타지 않는다

다시

겨우내 칼바람
잘 견디고 일어나
봄날 힘차게 출발한다

단호 1

한 점도 흔들림 없이
분명하고
정확하다

단호 2

마음을 굳게
아주 단단하게
가졌다

달 1

새까만 어둠 속에서
새하얗게 빛나는 달이
돋보인다

달 2

얼굴이 쓸쓸하고
창백하지만
눈물은 보지 못했다

달맞이꽃 1

사모하다가
외로움만 남아
애처롭게 보인다

달맞이꽃 2

달마중하다
너무 반해
꽃이 되었다

닭 1

네가
울지 않으면
누가 새벽을 알려주리

닭 2

새벽이
왔다
목청을 높여라

닭 3

벼슬 세우고 목청 뽑아
새벽 깨우는
울음소리 통쾌하다

설명

자세한
이야기를
나누고 있다

담 1

높이 쌓으면 쌓을수록
홀로 갇히고 말지만
헐면 넓은 마음이 된다

담 2

너와 나 사이에
넘어서면 안 될
경계선이다

담배 1

제 속 타는 줄
모르고
연기만 뿜어낸다

담배 2

니코틴이
타는 게 아니라
몸과 정신 타들어 간다

484

당신 1

많이 보고픈 사람
늘 그리운 사람
내가 사랑하는 사람

당신 2

당신이 잘된다면
온종일 박수 치며
정말 좋아하고 싶다

당신 3

삶의 이유가 되고
목적과 의미가 되고
전부가 되는 당신

당신 4

혼자 외롭게
방치되어
살지 말자

당신 5

장난기 많은
얼굴 보고 있으면
웃음이 나온다

당신 6

당신으로 인해
내 삶은
늘 행복하다

당신 7

생각만 해도 좋고
만나면 만날수록
살면 살수록 좋다

당신 8

당신이라면
사랑하고
싶다

대나무 1

쑥쑥 커가도
마디에
세월 흔적이 있다

대나무 2

꼿꼿한 정신이
늘 푸르게
살아 있다

덫 1

사람들은
결국 제 덫에
걸려든다

덫 2

언제
걸려들지 몰라
두렵다

도둑 1

남의 것 훔친 놈
들킬까 잡힐까
항상 숨고 도망친다

도둑 2

꽁무니 빼고 달아나
들키지 않아도
도둑이라 부른다

도둑 3

남의 집은 잘 털면서
제 손 못 털어
감옥에 가고 말았다

아뿔싸

어찌할 수 없게
일이
터졌다

도망 1

길 있어도 없어도
모든 게 싫어
몰래 숨고 싶다

도망 2

죄지은 것
들킬까 봐
줄행랑을 치고 있다

도망 3

현재에서
벗어나기 위한
몸부림

도망 4

나는
너로부터
멀리 떠나고 싶다

돌담 1

돌담에 돌 하나씩
쌓어 올라갈 때마다
지나간 세월도 쌓였다

돌담 2

찾아왔다 간 계절과
오간 사람들의
이야기가 함께 쌓여 있다

도마뱀 1

큰 잘못을 저질렀나
꼬리가 끊겨도
줄행랑을 친다

도마뱀 2

꼬리를
보이지 마라
잘라버리겠다

동굴 1

캄캄한 어둠 속에도
생명이 살고 자라니
참으로 신비롭다

동굴 2

왠지 어둠 속에 젖어
숨어 있는 이야기가
툭 튀어나올 것 같다

동굴 3

내 마음속
동굴엔
누가 살고 있을까

양

순하디
순한
짐승

동정 1

불쌍하고
측은해서
도와주고 싶은 마음

동정 2

눈빛에
원하는 게
간절하게 나타난다

동정 3

불쌍하게
취급당하는 것은
불행하다

힘껏

내가 갖고 있는
힘을
다하겠다

두더지 1

왜 땅만 자꾸
파고들어 무덤부터
만들고 사느냐

두더지 2

무슨 죄를 지었니
자꾸만
왜 숨고 싶어 하니

두려움 1

자신도 없고
망설임 속에 혹시나 하는
생각만 가득하다

두려움 2

섬뜩한
무서움에
생각이 짧아졌다

두루미 1

무엇이 보고 싶어
목 빠지게
기다리며 서성거릴까

두루미 2

걱정이 있나
자꾸 불안해
두리번거린다

둔갑 1

엉뚱하게 꾸며서
속이지 마라
언제나 진실은 살아 있다

둔갑 2

모양과 형태를
뒤바꿔놓아
전혀 알 수 없다

들국화 1

고독하고 쓸쓸한 계절
누구를 만나고 싶어
들판에 피어나는 것일까

들국화 2

누구와 사랑하려고
이 가을 모두 떠나는
빈 들판에 피어나는 것일까

들국화 3

참 순수하다
잡티 하나 없이
순결하고 아름답다

석류

가리고 감추었던
속마음
터져버렸다

들길 1

한없이 걸어가면
누군가
만날 것 같다

들길 2

걸어도
걸어도
마냥 좋은 길

들길 3

들길을 산책하다 보면
쪼그만 꽃 한 송이
웃으며 반겨준다

들길 4

누군가
걸어갔기에
만들어진 길

들꽃 1

외로움 견디다 못해
작은 들꽃으로 피었다
시선이 머물 수 있도록

들꽃 2

이름 모를 들꽃이
곱게 피어나
앙증맞다

들꽃 3

들판을 무대로
마음껏
피어나는 꽃

들꽃 4

아주 작은 꽃들
고독할 때
아름답다

들꽃 5

외로움 잘 이겨내고
풀 향기 전하려고
온 땅 가득히 피어난다

들꽃 6

제 마음대로
피었다가
져도 행복하다

동백 1

추위를 이겨내고
아름답게 피는 꽃이
얼마나 대견한가

동백 2

욕망을 불태우고 싶어
핏빛 불덩어리로
꽃 피웠다

들판 1

햇살 모여들어
들풀의 이야기가
수많은 색깔로 피어난다

들판 2

들판 고즈넉한
나무 숲길에서
너를 우연히 만나고 싶다

들판 3

햇살 조각 하나
이슬 한 방울에도
들은 살아난다

들판 4

해 떠난
들판엔
어둠이 주인이다

등대 1

빛들이 도망친 뒤
어둠을 홀로 바라보는
외로운 눈빛

등대 2

캄캄한 밤
밝은 눈빛으로
바닷길 안내한다

등대 3

드넓은
바다의 외로움을
혼자 담아내고 있다

등대 4

외로워 섬까지
떠내려왔더니
등대 하나 서 있다

500

등대 5

캄캄한 밤
뼛골이 아파
눈동자에 불을 켰구나

막막 1

모든 것이
꽉 막혀
어찌할 도리가 없다

막막 2

앞이
전혀
보이지 않는다

막막 3

더 이상 원하지도
바라지도 마라
아무것도 없다

등산 1

산 정상에
올랐을 때 짜릿하고
내려올 때 뿌듯하다

등산 2

산 위에 올라
발아래 바라보며
넉넉한 겸손 배운다

등산 3

천천히 걸어도
계속 걸으면
정상에 오른다

등산 4

산에 오르면 오를수록
정상에 가까워지니
기분이 상쾌하다

똥고집 1

못된 습성으로
뭉쳐버린
고집

똥고집 2

인간의 마음 중에
없어도 좋을
마음

뚝심 1

강하고
야무지게
잘 버티고 있다

뚝심 2

흔들리지 않고
버티려는
마음가짐

마음 1

추억과 그리움 속에
피어나는 소망이
내 마음에 가득하다

마음 2

처음부터 끝까지
상대방을 내 마음처럼
다정하게 읽어줍시다

마중 1

뜻밖에
우연히 만나면
왠지 더 좋다

마중 2

네가 올까
벌써부터
기다리고 있다

막간 1

아무 보잘것없는
자투리 같아도
중요한 일이 많다

막간 2

짧지만 유용하게 쓰면
아주 좋은
시간의 틈새

막차 1

돈 한 푼 없이
놓쳐버린 슬픔
속이 검게 탄다

막차 2

내일 다시 올 텐데
놓치면 왜 슬플까
오늘은 오지 않는다

용혜원 짧은 시

—

1판 1쇄   2018년 5월 11일
1판 2쇄   2020년 7월 17일
지은이   용혜원
펴낸이   김영재
펴낸곳   책만드는집

—

주소   서울 마포구 양화로3길 99, 4층 (04022)
전화   3142-1585·6
팩스   336-8908
전자우편   chaekjip@naver.com
출판등록   1994년 1월 13일 제10-927호
© 용혜원, 2018

—

* 이 책의 판권은 저작권자와 책만드는집에 있습니다.
  이 책 내용의 전부 또는 일부를 재사용하려면 양측의 동의를 받아야 합니다.
* 잘못 만들어진 책은 구입하신 서점에서 바꾸어 드립니다.

—

ISBN   978-89-7944-652-4 (03810)